Gib niemals auf!

Die rührende Lebensgeschichte von John Hiebert

Beate Penner

Dankesworte

Dieses Buch entstand auf Initiative von John Hiebert. Es war ihm ein großes Anliegen, seine Geschichte mit anderen Menschen zu teilen. Bei einem Skript, das er schon vorher aufgeschrieben hatte, waren ihm Peter Neufelds behilflich, da er selber noch Probleme mit dem Schreiben hat.

Das Material für dieses Buch habe ich hauptsächlich seinen Erzählungen und Berichten entnommen. Stundenlang habe ich ihm zugehört und mit ihm zusammen Orte besucht, die in seinem Leben eine Rolle spielten.

John hat auf mich persönlich einen tiefen Eindruck hinterlassen. Mein Wunsch ist es, dass auch die Leser dieses Buches durch sein Leben angesprochen werden.

Bibliografische Information der Deutschen Nationalbibliothek:
Die Deutsche Nationalbibliothek verzeichnet diese Publikation in der Deutschen Nationalbibliografie; detaillierte bibliografische Daten sind im Internet über
http://dnb.dnb.de abrufbar.

Alle Rechte vorbehalten.
© Beate Penner

Das Werk einschließlich aller seiner Teile ist urheberrechtlich geschützt. Jede Verwertung außerhalb der engen Grenzen des Urheberrechtsgesetzes ist ohne Zustimmung des Autors unzulässig und strafbar. Das gilt insbesondere für Vervielfältigungen, Übersetzungen, Mikroverfilmungen und die Einspeicherung und Verarbeitung in elektronischen Systemen.

Buchlayout: Rolando Giménez
Titelbildgestaltung: *Rolando Giménez*
Titelbild: Rendy Penner
Korrektur: Andreas Friesen, Rudolf Dück

Satz und Layout für BoD: Rudolf Dück Sawatzky
Korrektur: Rudolf Dück Sawatzky

Herausgeber: Verlagsagentur JustBestEBooks.de Rudolf Dück Sawatzky.
25451 Quickborn, Deutschland

Herstellung und Verlag: BoD – Books on Demand, Norderstedt,
EAN 9783741241765

I.

1988. Man schrieb Ende Juli. Es war heiß und trocken. Die Sonne brannte auf die mexikanische Wüstenlandschaft in der Gegend von Casas Grandes. Hier hatten mennonitische Siedler die Kolonie *Las Virginias* gegründet. Sie war eine von vielen Tochterkolonien, die von den Mutterkolonien *Manitoba* und *Swift Current* aus gegründet worden waren. Seit 1922 besiedelten kanadische Mennoniten immer größere Teile des mexikanischen Staates Chihuahua.

Ein Besucher mochte sich wohl gefragt haben, wie es möglich war, in dieser Gegend zu leben. Doch die Siedler hatten sich hier heimisch gemacht. Für sie gehörte der Umgang mit der Dürre und der Hitze zum Alltag. Sie hatten sich den Herausforderungen, die das Klima mit sich brachte, gestellt.

Die Siedler in *Las Virginias* waren Ackerbauern. In dieser steinigen Landschaft blieb ihnen nur eine Möglichkeit, wenn sie überleben wollten: Sie mussten mit Bewässerung arbeiten, denn Regen bekamen sie nur einige wenige Male im Jahr zu sehen. Zu dieser Jahreszeit waren die Baumwolle, der Mais und die Chilipflanzen bereits hoch gewachsen. In etwas mehr als einem Monat würde man mit der Ernte beginnen. Dann würden die Tagesarbeiter aus der Gegend herangeströmt kommen und einige Wochen lang würde in dieser kleinen mennonitischen Kolonie alles auf Hochbetrieb laufen.

Doch nun, Ende Juli, hielten die Dorfbewohner von *Campo 5* in *Las Virginias* sich noch viel in ihren Häusern auf. Da diese aus Adobesteinen, einem ungebrannten Lehmziegel, gebaut waren, war es im Sommer recht kühl in ihrem Inneren. Seit Winterende hatte es noch nicht geregnet. Die Pflanzen bekamen ihr Wasser, doch die Menschen wünschten sich schon sehnlichst Regen. Das wäre für die allgemeine Stimmung sehr gut gewesen.

In einem Heim dieses Dorfes allerdings konnte die Trockenheit und die Hitze den Bewohnern nichts anhaben. Dem Ehepaar Johann und Maria Hiebert war in diesen Tagen ein Sohn geboren worden. Sie nannten ihn John. Die Eltern und auch der zweijährige Franz waren überglücklich! Ihre Familie war um ein Mitglied reicher geworden. Sowohl Johann als auch Maria liebten Kinder. Für sie waren eigene Kinder der größte Segen, den man von Gott erhalten konnte.

Johann war ein einfacher Handarbeiter. Von morgens bis abends arbeitete er, damit er seine kleine Familie ernähren konnte. Er gehörte nicht zu der Gruppe der Siedler, die sehr reich war. Seiner Frau konnte er nicht die besten Sachen kaufen. Auch wohnten sie nicht in einem schönen, neuen Haus. Aber sie waren glücklich. Was sie zum Leben brauchten, das hatten sie. Ihre Familie hatte täglich satt zu essen, Kleider, um sich zu kleiden, und sie hatten einander. Johann verbrachte so viel Zeit wie möglich mit seiner Familie. Es war ihm wichtig, dass seine Jungen schon von klein auf Gott kennen lernten.

Maria blieb zu Hause bei den Kindern. Franz war ein lebensfroher Junge. Er war ständig aktiv und sprach mit seinen zwei Jahren schon recht viel. John schien sich anfangs gut zu entwickeln, doch mit zwei Monaten erkrankte er. Er bekam hohes Fieber. Maria gab ihr Bestes, das Fieber zu senken. Doch es zeigte sich keine Änderung.

Einige Monate lang wurde John immer wieder von Fieberwellen überfallen. Es gab Tage und Nächte, da hörte er nicht auf zu weinen. Oft war Maria am Ende ihrer Kraft, sowohl körperlich als auch psychisch. „Ich weiß einfach nicht mehr, was ich machen soll, Johann", sagte sie einmal zu ihrem Mann. „John weint und weint, und ich habe keine Ahnung, warum. Und ich bin schon so müde." Sie suchten noch einmal einen Arzt auf, aber auch dieser konnte die Ursache für Johns Fieber wieder nicht finden.

Nach einigen Monaten wurde Johns Zustand besser. Als er seinen ersten Geburtstag feierte, konnte er zwar weder sitzen noch kriechen, doch Johann und Maria trösteten sich damit, dass er lange krank gewesen war und dass er mit seiner Entwicklung halt einfach etwas hintenanstand. „Das wird schon noch", sprachen sie sich gegenseitig Mut zu.

Franz war mittlerweile drei Jahre alt. Wenn er zu Bett ging, betete Maria mit ihm ein Nachtgebet. Öfters war Johann noch nicht heimgekehrt, wenn Maria ihre Söhne zu Bett brachte. Sie lehrte

Franz das Beten und sprach viel mit ihm über Gott und den Himmel. Schon als Franz noch nur ganz klein war, sagte er des Öfteren: „Ich will eines Tages bei Gott im Himmel sein." Das war sein Wunsch. Und nur Gott wusste, wie schnell sich dieser Wunsch verwirklichen würde.

✥

1990. John hatte schon seinen zweiten Geburtstag gefeiert. Das Klima und die Gegend in *Las Virginias* hatten sich nicht verändert. Auch Johns Zustand hatte sich nicht verändert. Er konnte immer noch nicht alleine sitzen. Seine Sprachentwicklung lief seinen normalen Lauf. Doch aus irgendeinem Grund entwickelten sich seine Muskeln nicht. Gelähmt war er nicht, denn er spürte etwas in seinen Beinen. Aber er war nicht im Stande sich hinzusetzen, geschweige denn sich durch Kriechen oder Gehen weiterzubewegen. In dieser Hinsicht hatte sich für Maria nichts geändert. Sie pflegte und besorgte ihren Zweijährigen genauso wie vor zwei Jahren ihren Säugling.

In ihrem Herzen hatte sich jedoch einiges verändert. Was fühlt eine Mutter, wenn sie beobachtet und erlebt, dass ihr Kind sich nicht so entwickelt wie es andere Kinder im selben Alter tun? Maria hatte noch nicht die Hoffnung aufgegeben, dass auch John irgendwann das Gehen lernen würde. Doch immer wieder sank ihr der Mut und mit so mancher Enttäuschung musste sie klar kommen. Wohl manchmal fragte sie Gott im Stillen: „Warum lieber Gott, lernt mein lieber John nicht das Sitzen und Gehen? Wie soll er irgendwann selbstständig werden? Was hast du mit ihm vor? Was ist dein Plan mit dem Leben meines lieben Jungen?"

Wohl jede Mutter möchte stets das Beste für ihre Kinder. Sie wünscht sich, dass der Lebensweg für ihre Kinder nicht zu steinig und schwer wird. So erging es auch Maria Hiebert. Es gab Tage, da fühlte sie sich selber schwach und mutlos. Da nahmen die Fragen kein Ende.

Doch auch wenn diese Zeiten des Zweifelns und der Unruhe über sie kamen, so nahm Maria sich immer vor, dass John selber nie etwas davon mitbekommen sollte. Der arme Kerl verstand selber noch nicht viel von seinem Zustand und er sollte auf keinen Fall irgendwie darunter leiden, dass Maria sich große Sorgen machte.

Maria und Johann lebten in der Zuversicht, dass Gott das Leben aller in seiner großen Hand hat. Sie waren sich sicher, dass Gott für jeden Menschen einen Plan hat und dass er keine Fehler macht. In dieser Einstellung lebten sie und gaben ihr Bestes, es auch ihren Kindern zu vermitteln.

Die Zeit verging. Maria Hiebert war viel krank, aber nicht zu krank, um ihre täglichen Pflichten zu verrichten. Für ihre beiden Jungen nahm sie sich viel Zeit. Einmal hörte sie, wie Franz in seinem Spielzimmer erzählte. Franz sprach viel zu sich selber, wenn er spielte. Maria war gerade mit dem Vorbereiten einer Mahlzeit beschäftigt, als sie Franz sagen hörte: „Ich freue mich, Jesus wird mich bald zu sich nach Hause holen und dann kann ich mit all den Engeln spielen."

Im ersten Moment stockte Maria der Atem. Was sagte ihr Fünfjähriger? Erstaunlich, womit er sich in Gedanken beschäftigte. Doch nach kurzem Überlegen dachte sie bei sich, dass man Jungen in diesem Alter wohl nicht zu ernst nehmen müsste. Kinder beschäftigen sich mit vielem. Und sie selber hatte Franz so oft erzählt, wie lieb Jesus sie hat und wie schön es bei ihm sein wird. Deshalb sprach das Kind wahrscheinlich so.

Doch trotzdem beschlich sie ein ungutes Gefühl. Maria versuchte, ruhig zu bleiben. Ihr Leben war in Gottes Hand, das sagte sie sich immer wieder.

John war mittlerweile so weit, dass er alleine sitzen konnte. Das war für Maria schon eine große Erleichterung. Sie konnte ihn jetzt irgendwo hinsetzen und er beschäftigte sich alleine mit seinen Spielsachen. Da John nicht laufen und herumtoben konnte, ergab es sich von selbst, dass er viel Spielzeug geschenkt bekam. Besonders liebte er Fahrzeuge und Maschinen. Franz und auch andere Kinder aus dem Dorf saßen oft stundenlang bei John und spielten mit seinen Sachen. John strahlte jedes Mal, wenn andere Kinder ihn besuchten und mit ihm spielten.

※

Eines Tages änderte sich das Leben in der Familie Hiebert drastisch. Es war kurz vor Weihnachten. Johann war geschäftlich nach *Cuauhtémoc* gereist. In dieser mexikanischen Stadt, anliegend an der Kolonie *Manitoba*, gab es viele Geschäfte und Unternehmen. Ungefähr vier bis fünf Stunden reiste Johann, wenn er hier einkaufen wollte. „Ich werde wohl mehrere Tage weg sein, denn ich habe viel zu erledigen", hatte er zu Maria gesagt. Da Maria nicht gerne alleine blieb und auch zwischendurch Hilfe mit John brauchte, hatten sie gemeinsam entschieden, dass sie und die Jungen für diese Zeit bei einem Geschwisterpaar im Dorf bleiben würden.

Am dritten Tag ihres Aufenthaltes, Maria wartete schon auf Johanns Rückkehr, geschah dann das schreckliche Unglück. Am Tag davor hatte es heftig geregnet. Nun aber schien die Sonne und Franz fragte seine Mutter, ob er draußen spielen dürfe. „Bitte Mama, darf ich mit meinen neuen Stiefeln rausgehen?", bettelte Franz. Johann hatte seinem Ältesten vor kurzem neue Stiefel geschenkt. Maria erlaubte es ihm. Das Wetter war passend, um draußen zu spielen. Was sie jedoch nicht wusste, dass hinter dem Haus für eine Außentoilette ein Loch gegraben worden war. Die Toilette war allerdings noch nicht raufgesetzt worden. Vom Regen war das Loch nun mit Wasser gefüllt. In dieses Loch fiel Franz und ertrank.

Als Maria bemerkte, dass Franz nicht auf dem Hof zu sehen war, rief sie nach ihm. „Franz... Franz!", ihre Stimme wurde bei jedem Ruf lauter und verzweifelter. Als sie das mit Wasser gefüllte Loch sah, begriff sie, dass etwas Furchtbares passiert sein musste. Sie sah den Körper ihres Fünfjährigen im Wasser schwimmen. Leblos. Ihr Herz schien still zu stehen. In einigen Sekunden schossen ihr tausend Gedanken durch den Kopf. „Warum habe ich nicht besser Acht gegeben? Warum ist Franz in dieses Loch gefallen? Warum, lieber Gott, warum?"

Maria konnte keinen klaren Gedanken mehr fassen. Sie stürzte sich ebenfalls ins Loch und wäre beinahe selber ertrunken. Glücklicherweise waren durch ihre Schreie schon andere Männer aus der Nachbarschaft auf sie aufmerksam geworden und eilten schnell zu Hilfe.

Was hatte Franz vor einigen Monaten gesagt? „Ich werde bald bei Jesus sein und mit den Engeln spielen." Daran musste Maria denken, als der leblose Körper ihres Sohnes aus dem Wasser geholt und ihr in die Arme gelegt wurde. Sie drückte ihn immer wieder an sich. Ihre Tränen liefen in Strömen über ihre Wangen.

Als sie sich etwas gefasst hatte, sagte sie: „Johann muss es wissen, dass sein Sohn..." Weiter konnte sie nicht sprechen. Die Tränen erstickten ihre Stimme. Eine Frau legte ihren Arm um sie, um ihr zu zeigen, dass sie nicht alleine war. „Wir machen das", hörte sie jemanden sagen.

Johann wurde in *Cuauhtémoc* aufgesucht und erfuhr die tragische Nachricht. Die Heimreise, die mehrere Stunden dauerte, erschien ihm wie eine kurze Ewigkeit. Trauer und Verzweiflung wechselten sich mit der Sorge ab, wie das Leben weiter gehen würde. Wie ging es Maria? Wie würde sie den Tod ihres Sohnes verkraften?

Zu Hause fand Johann eine zutiefst erschütterte Maria vor. Schwere Selbstvorwürfe plagten sie. „Hätte ich nur besser auf ihn aufgepasst", sagte sie immer und immer wieder. Johann versuchte sie zu trösten, doch es fiel ihm schwer. Sein Herz war selber so bedrückt, dass er kaum Worte fand.

Franz wurde nach einer schlichten Beerdigungsfeier auf dem kleinen Friedhof in ihrem Dorf hinter dem Schulhaus begraben.

Am Abend dieses schweren Tages drückte Maria ihren Sohn John ganz fest. Sie nahm sich vor, nicht in ihrer Trauer zu versinken, denn sie hatte noch einen Sohn, der seine Mutter sehr brauchte, und zwar mehr als alle anderen. Ihre ganze Energie würde sie jetzt in ihn stecken.

೧೫ച

1993. In die Familie Hiebert sollte neues Leben kehren. Ein halbes Jahr nachdem Franz begraben worden war, hatte Maria gemerkt, dass es Familienzuwachs geben würde. Obwohl sie und Johann noch in großer Trauer waren, freuten sie sich riesig zu dieser Nachricht. Sogar der vierjährige John merkte, dass es den Eltern wieder etwas besser ging.

Doch ihre Freude über das neue Familienmitglied sollte nicht lange anhalten. Nachdem Maria unter großen Schmerzen und einigen Problemen ihren Sohn Jakob zur Welt gebracht hatte, merkte sie, dass mit dem Neugeborenen irgendetwas nicht stimmte. Es war anders als bei ihren zwei anderen Babys.

Und schon nach 25 Stunden erlosch das Leben in diesem kleinen Erdenbürger. Einen Tag lang hatte Maria wieder einen Sohn gehabt. Dann musste sie ihn schweren Herzens abgeben.

Zum zweiten Mal innerhalb kurzer Zeit standen Johann und Maria am Sarg eines ihrer Kinder. Zum zweiten Mal fragten sie sich: „Warum, lieber Gott? Was hast du mit uns vor?"

John saß traurig dabei. Obwohl er vieles nicht so recht verstand, war er traurig, weil seine Eltern traurig waren. Und wieder einmal nahm Maria sich vor, stark zu sein. John brauchte sie, für ihn musste sie stark sein. Er bedurfte so viel Hilfe. Wie sollte er ohne sie durchs Leben gehen? „Wir müssen weitermachen, nicht aufgeben. Es werden auch noch wieder leichtere Zeiten kommen." So sprachen sich Johann und Maria gegenseitig Mut zu. Und zu John sagte Maria des Öfteren: „Weißt du John, wir haben jetzt oben im Himmel zwei kleine Engelchen, die zu uns herunterschauen." Und immer wenn sie das sagte, rollte ihr eine Träne über die Wange. Für John war dies ein Trost. „Ein Engel zu sein muss etwas sehr Schönes sein", dachte er öfters bei sich.

೧೫ച

Das Leben nahm seinen Lauf. Traurige Tage wurden immer öfters von frohen abgelöst. „Die Zeit heilt Wunden", dieses Sprichwort bewahrheitete sich auch in der Familie Hiebert. Der Schmerz würde immer da bleiben, aber irgendwie lernte man mit ihm zu leben.

Johann war von Natur aus mutig und optimistisch. Stets hatte er einen Witz auf Lager und heiterte mit lustigen Bemerkungen die Menschen um ihn herum auf. Wenn sie zum Beispiel als Großfamilie zusammen waren, sagte er zu einer seiner Schwestern: „Du bist meine ganz beste Schwester. Aber verrat es bitte nicht den anderen Schwestern, dass ich dies zu dir gesagt habe." Genau dasselbe sagte er einige Minuten später zu einer anderen Schwester. Er war für seinen Humor, seine gute Laune und seine Hilfsbereitschaft bekannt.

John schaute zu seinem Vater auf. Dieser war zwar selten zu Hause, weil er hart arbeitete, aber wenn er da war, nahm er sich stets Zeit für John. Johns Augen strahlten immer, wenn er seinen Vater kommen sah.

Maria war nicht so kontaktfreudig wie Johann. Sie war eine stille, etwas zurückhaltende Person, die nicht viel sprach, wenn sie mit Menschen in Kontakt kam, die sie nicht kannte. Doch sie war warmherzig und liebevoll, besonders auch zu John.

Eines Tages, Maria hatte John gerade zum Spielen nach draußen getragen, fragte der Fünfjährige seine Mutter: „Mama, warum bin ich so anders als andere Kinder?" Maria rieb sich den Rücken. John wurde immer schwerer und ihr Rücken merkte das spürbar. Bevor sie antworten konnte, fuhr John fort: „Alle anderen Kinder können gehen, laufen und toben. Warum kann ich das nicht?"

Tja, was antwortet eine Mutter ihrem gehbehinderten Kind auf diese Frage? Nur allzu oft hatte sie selber sich diese Frage gestellt. Auf die Frage „Warum?" konnte Maria nicht antworten. Das wusste sie selber nicht. Sie antwortete deshalb nach kurzem Überlegen: „Weißt du John, warum du nicht gehen kannst, weiß ich nicht. Gott hat mit dir einen ganz besonderen Plan. Aber eines kann ich dir sagen: Du bist nicht der Einzige. Es gibt viele Menschen – auch Kinder, die das Problem haben, dass sie nicht gehen können." Darüber war John erstaunt. Das hatte er nicht gewusst.

Einige Wochen später fuhr Maria zusammen mit John zu einem Heim, in dem viele gehbehinderte Personen lebten. John war zwar einerseits schockiert über die Tatsache, dass so viele Menschen nicht in der Lage waren zu gehen. Aber andererseits fühlte er auch tiefe Erleichterung. Er war also nicht alleine mit seinem Problem.

☙❧

Nach diesem Besuch bekam John einen Rollstuhl. Es war zwar kein kindgerechter, sondern ein Rollstuhl für Erwachsene. Doch John freute sich trotzdem sehr. Das war eine große Erleichterung für ihn, denn nun wurde er selbstständiger. Er konnte selber nach draußen fahren, wann immer er wollte. Er war nicht mehr abhängig davon, ob jemand Zeit hatte, ihn zu tragen oder nicht. Wenn die anderen Kinder aus dem Dorf draußen spielten, konnte er rausfahren und zuschauen. Das Dabeisein vermittelte ihm Zugehörigkeitsgefühl.

Aber auch für Maria brachte dieser Rollstuhl viele Vorteile mit sich. Sie konnte sich mehr schonen, denn sie war überhaupt nicht gesund. Immer wieder klagte sie über große Bauchschmerzen. Diese waren besonders nach der Geburt von ihrem kleinen Jakob heftiger geworden.

Eines Abends sagte Johann zu seiner Frau: „Was hältst du davon, wenn wir in die Vereinigten Staaten ziehen? Ich habe gehört, dass es dort gute Ärzte gibt, die unserem John vielleicht helfen könnten." Johann schaute seine Frau an. Diese schwieg lange. Nur zu gut wusste Johann auch warum. Maria war schüchtern, jeder neue Anfang kostete ihr viel. Jetzt in ein anderes Land ziehen, wo sie niemanden kannte, davor schreckte sie zurück. „Wir können doch kein Englisch und haben keine Arbeit da, wovon sollen wir denn leben, geschweige denn die Kosten für die Untersuchungen bezahlen?", entgegnete Maria nach einer Weile. Johann war zuversichtlich: „Wir werden schon Arbeit finden und Englisch können wir lernen."

In den nächsten Wochen erwogen sie das Für und Wider einer Auswanderung in die USA. Zum Schluss siegte die Liebe zu ihrem

Sohn. Für ihn wollten sie das Beste. Und wenn es bedeutete, in ein fremdes Land zu ziehen, dann wollten sie auch das tun.

So packten sie ihre Siebensachen und zogen nach Kansas. Der Anfang war schwer für sie. Johann fand bald Arbeit auf einer Farm. Aber obwohl er ein kontaktfreudiger Mann war, fiel es ihm hier etwas schwer, weil er kein Englisch sprach. Für Maria war es besonders schwer. Sie blieb meistens nur zu Hause mit John und fühlte sich oft sehr einsam.

Regelmäßig hatten sie die verschiedensten Termine. Ein Arzt nach dem anderen untersuchte John gründlich und einer wie der andere sagte: „Es sieht nicht so aus, als ob John jemals einen Schritt gehen wird. Wir können ihm leider nicht helfen." John, der zu diesem Zeitpunkt erst sieben Jahre alt war, verstand vieles nicht. Ihn traf die Nachricht nicht so schwer. Doch für Johann und Maria war es ein schwerer Schlag. So viel Hoffnung hatten sie in ihren Aufenthalt in USA gelegt. Irgendwo musste es doch noch Hilfe geben für John.

Obwohl die Ärzte keine guten Aussichten gaben, verloren Johann und Maria ihre Hoffnung nicht. „Irgendwann, und wenn er zwanzig Jahre alt wird, wird John gehen lernen", sagte Maria bei einer Gelegenheit. Und sie war sich darüber ganz gewiss. „Wir werden nicht aufgeben!"

John hatte sich ganz an den Rollstuhl gewöhnt. Er war zwar viel zu groß für ihn, aber er war immerhin eine Fortbewegungsmöglichkeit. Als sie in Kansas wohnten, durfte John sich einen neuen, einen kindgerechten Rollstuhl aussuchen. Seine Wahl fiel auf einen Rollstuhl in Rosa. Dass dies eigentlich mehr eine Farbe für Mädchen war, störte ihn überhaupt nicht. Er fand den Stuhl hübsch, also wurde er für ihn gekauft.

                                      ෂ෬

Das Jahr 1995 sollte für die Familie Hiebert ein ganz Besonderes werden. Zu Beginn des Jahres, am 2. Januar, wurde ihnen eine Tochter geboren. Greta nannten sie sie. Weil sie etwas zu früh geboren wurde, musste sie mehrere Tage im Krankenhaus bleiben.

Johann und Maria waren überglücklich! Sie hatten eine Tochter und nach einigen Tagen konnten die Ärzte auch mit Bestimmtheit sagen, dass Greta gesund war.

Aber nicht nur die Eltern waren froh. Auch John nahm die Nachricht der Ankunft seiner Schwester mit großer Freude auf. Er durfte sie im Hospital besuchen und sogar einmal in den Armen halten. Endlich war er nicht mehr allein!

Das Leben mit einer Schwester fand John großartig. Er liebte sie. Was er jedoch neu lernen musste, dass er die Aufmerksamkeit der Eltern jetzt mit jemanden teilen musste. Immerhin war er etwas mehr als drei Jahre lang ganz alleine mit ihnen gewesen. Nun war da noch Greta, die die Eltern selbstverständlich auch in Anspruch nahm.

Besonders als Greta erst das Kriechen erlernte, wurde Johns Welt aufgewühlt. Noch nie hatte es jemand gegeben, der seine Bauklötze umstieß, alles durcheinander brachte, was er aufgebaut hatte, und seine Spielsachen sogar wegnahm. Bisher hatte seine Mutter ihn auf den Boden gesetzt und er hatte in aller Ruhe gespielt. Nun war nichts mehr sicher vor der krabbelnden Greta.

Aber trotz dieser Umstellung liebte John seine kleine Schwester und war froh, dass sie da war. Doch als Greta zum ersten Mal aufstand und die ersten Schritte machte, da kamen in John Gefühle hoch, die er nicht so recht beschreiben konnte. Einerseits freute er sich für sie: „Du kannst gehen, Greta!", rief er voller Begeisterung und seine Stimme überschlug sich dabei. Die einjährige Greta lachte ihm zu und klatschte, verstand aber nicht den wahren Grund seiner Freude. Andererseits fragte er sich tief in seinem Inneren, warum er nicht auch endlich gehen konnte. „Warum schaffe ich es nicht? Ich wünsche es mir doch so sehr!"

II.

Fünf Jahre lang wohnten Johann und Maria Hiebert mit ihren Kindern John und Greta in Kansas. Sie erlebten zusammen viele fröhliche Momente. John kümmerte sich rührend um Greta. Seine kleine Schwester war sein absoluter Liebling.

Obwohl die Familie sich relativ gut eingelebt hatte, dachten Johann und Maria doch öfters über die Möglichkeit nach, wieder zurück nach Mexiko zu ziehen. In *Las Virginias* war ihr Zuhause. Da lebten ihre Familien. Und diese fehlten ihnen besonders an Feiertagen wie Weihnachten und Ostern.

Voller Hoffnung, dass man ihrem John helfen könne, waren sie damals in die USA gezogen. Nach den zahlreichen Visiten bei den verschiedensten Spezialisten in der Gegend, gaben sie zwar die Hoffnung immer noch nicht ganz auf, aber glaubten auch nicht mehr an eine schnelle Besserung von Johns Zustand.

Ein weiterer Grund, der besonders Johann stark beschäftigte, war der, dass er regelmäßig auch am Sonntag arbeiten musste. Die Arbeit auf der Farm musste erledigt werden, aber Johann wollte einerseits den Sonntag als Ruhetag heiligen und nicht arbeiten, und andererseits war der Sonntag für ihn immer der Tag gewesen, an dem er seine Zeit der Familie widmete.

Aufgrund dieser beiden Aspekte entschieden sie, zurück in ihre Heimat zu ziehen. Nach fünf Jahren fiel es ihnen doch etwas schwer, die weiten Prärien in Kansas zu verlassen. Es hieß auch von netten Menschen Abschied zu nehmen, die sie im Laufe der Zeit kennen gelernt hatten.

In *Las Virginias* hatte sich in diesen Jahren nichts, und doch sehr viel verändert. Die Menschen waren die gleichen, das Klima und die wüstenhafte Landschaft waren auch die gleichen geblieben. Aber in der Gesellschaft hatte sich etwas geändert. Die Änderung stach sofort ins Auge, wenn man in die Kolonie hineinfuhr. Hatten die Menschen bei ihrem Abschied noch die traditionellen Pferdewagen gefahren, so sah man jetzt schon nur selten einen. Die Automobile hatten Einzug gehalten und veränderten sowohl das wirtschaftliche als auch das soziale Leben.

Johann und Maria fingen von vorne an, sich eine Existenz aufzubauen. In der ersten Zeit wohnten sie in Miete in einem Haus und verdienten ihren Lebensunterhalt damit, für andere Leute zu kochen.

Nicht nur Maria, sondern auch Johann kochte. Er war ein leidenschaftlicher Koch. Er liebte es, die verschiedensten Gerichte auszuprobieren und zu servieren. Besonders am Sonntag übernahm Johann oft das Kochen. Sie fuhren in der Regel abwechselnd zum Gottesdienst in die nahgelegene Kirche. Einer von ihnen blieb zu Hause bei John. Wenn Maria im Gottesdienst war, hatte Johann das Mittagessen meist fertig, wenn sie nach Hause kam.

Besonders John war von den Kochkünsten seines Vaters beeindruckt. Was ihm sehr gefiel, wenn Johann mexikanisch kochte. Natürlich aß er auch gerne die mennonitischen Gerichte, die seine Mutter auf den Tisch brachte. Besonders die hausgemachten Nudeln, die sogenannten *Tjiltje*, und Quarktaschen, die *Vrenetjes*, gehörten zu seinen Lieblingsgerichten. Auch Obstmus aß er gern. Aber am allerliebsten aß er mexikanisch. Sein Vater hatte zwei Gerichte, die er mit Vorliebe zubereitete. Da war einmal der *Basteck Ranchero*. Hier wurden Zwiebeln und Pfefferschoten angebraten und dann gekochtes Fleisch dazugegeben. Und dann noch der *Chili Colorado*. Rote, trockene Pfefferschoten wurden in einem Mixer zerschlagen und davon wurde eine Soße vorbereitet. Diese Soße wurde dann über gebratenes Fleisch gegossen. Bei allem, was Johann kochte, gehörten eine Menge scharfe und pikante Gewürze dazu.

Marias größter Wunsch war es, dass John ein Leben führen könnte, das so normal wie möglich war. Sie opferte alles für ihn. Sie zog ihn mit viel Liebe an, brachte ihn zum Spielen und versuchte mit aller Kraft, dass der Junge ebenso ein glückliches Leben führen könnte wie andere Jungs in seinem Alter.

Schwer zu schaffen machte es ihr, dass John nicht die Schule besuchen durfte. Sie hatten nachgefragt, doch die Antwort war nicht ermutigend gewesen. Man hatte es ihnen vielleicht nicht so direkt ins Gesicht gesagt, aber sie hatte trotzdem kapiert, was der Grund war:

Einen behinderten Jungen konnte man in der Schule nicht gebrauchen.

„Das tut so unbeschreiblich weh", sagte sie zu Johann. „John ist ein begabter Junge. Dass er nicht gehen kann, bedeutet ja noch lange nicht, dass er nicht einen klugen Kopf hat." Johann wollte seine Gattin so gerne trösten, doch er wusste nicht wie. Auch er verstand es nicht, dass John in der Schule nicht aufgenommen wurde.

Nach wiederholtem Versuchen und Sprechen bekamen Johann und Maria dann, kurz nachdem sie aus den USA zurückgekehrt waren, die erfreuliche Nachricht: „John darf zur Schule gehen. Beim ersten Schultag des kommenden Schuljahres darf er eingeschult werden." Was diese Meinungsumstellung bewegt hatte, wussten sie nicht. Es war ihnen auch vollkommen egal. Sie waren einfach nur von Herzen froh, dass für John das Leben normaler werden würde, denn die Schule gehörte in das Leben eines jeden jungen Menschen. Die Schule war nicht weit entfernt von ihnen und gerne nahmen die Eltern die Mühe auf sich, John täglich zur Schule zu bringen und ihn auch wieder abzuholen.

Leider wurden sie nach einigen Wochen wieder zutiefst enttäuscht. Die Lehrer teilten ihnen mit, dass sie mit John einfach nicht klar kämen. Der Umgang mit ihm sei zu schwer. Es wäre besser, wenn John ab jetzt wieder zu Hause bliebe.

Worte konnten die Enttäuschung der Eltern nicht ausdrücken. Maria weinte bitterlich, als sie davon erfuhr. Sie wollte ungern jemanden beschuldigen, aber im Stillen fragte sie sich ständig, warum die Lehrer sich nicht etwas mehr Mühe geben konnten. „Warum geben sie so leicht auf?", fragte sie sich. „Er muss doch lesen und schreiben lernen, damit er sein Leben irgendwann selbstständig meistern kann."

Am wenigsten betroffen von der Nachricht, dass er nicht mehr in die Schule gehen durfte, war John selber. Seine Eltern waren traurig darüber, das wusste er. Er hatte sogar gesehen, dass seine Mutter deshalb weinte. Er selber jedoch fand die Entscheidung der Lehrer nicht so tragisch. Es hatte ihm Spaß gemacht in der Schule. Die Kinder hatten sich mit ihm abgegeben und er hatte die

Gemeinschaft genossen. Aber gerne blieb er auch zu Hause und verbrachte den ganzen Tag mit Spielen zu. Mit den Kindern konnte er immer noch am Nachmittag zusammen sein. Dass die Schulbildung für sein späteres Leben sehr wichtig war, das hatte er mit seinen neun Jahren noch nicht erkannt.

Als sie schon längere Zeit zurück in *Las Virginias* waren, kauften Johann und Maria sich ein Grundstück mit einem Wohnhaus drauf. „Endlich unser eigenes Heim", sagte Johann zu seiner Frau. „Und da hast du auch mehr Platz, um dir einen schönen Blumengarten anzulegen." Maria und Johann teilten die Leidenschaft, wenn es um Blumen und Pflanzen ging.

Doch eine Schattenseite hatte dieser Handel. Es war nämlich die Hofstelle ihrer Geschwister. Es war der Hof, wo vor einigen Jahren ihr geliebter Sohn Franz ertrank. Viele Erinnerungen kamen hoch und ließen Maria den Magen schwer werden, als sie auf diesen Hof zogen. Sie konnte anfangs fast nicht draußen auf dem Hof sein, ohne ein schweres Gemüt zu bekommen. „Franz ist jetzt ein kleiner Engel im Himmel", sagte sie sich immer wieder selber. Doch trotz der Vorstellung, wie gut er es im Himmel habe, vermisste sie ihn immer noch schmerzlich. Auch die Selbstvorwürfe, nicht gut genug auf ihren Sohn geachtet zu haben, nahmen wieder zu. Doch Johann, mit seiner frohen Natur, half Maria wieder auf bessere Gedanken zu kommen.

Neben ihrem Haus befand sich das Geschäft von Johanns ältestem Bruder. Hier fand Johann Arbeit. Er selber war kein leidenschaftlicher Ackerbauer. Was er liebte, war Geschäfte zu machen, zu handeln. Dafür lebte er. Da war er im Geschäft seines Bruders an der richtigen Stelle. Hier wurden alle möglichen Werkzeuge, Ersatzteile und Baumaterialien verkauft. Da Johann kommunikationsfreudig war, machte er seine Arbeit sehr gut.

Diese Leidenschaft des Handelns hatte er seinem Sohn John vererbt. John war gerade erst 10 Jahre alt, als er damit begann, Süßigkeiten zu verkaufen. Er fuhr dann auch ins Geschäft von seinem Onkel, wo stets viele Menschen vorbeikamen. So verdiente er sich schon von jung an etwas Geld. Und er beobachtete das Treiben im Geschäft. In ihm wuchs verstärkt der Wunsch, irgendwann im Leben auch ein eigenes Geschäft zu besitzen.

Eine weitere Gelegenheit, die John nutzte, waren die sogenannten *Ausrufe*, die in ihrer Gegend durchgeführt wurden. Regelmäßig wurde zu Versteigerungen eingeladen, wo entweder bestimmte Sachen oder auch ganze Haushalte versteigert wurden. Viele Menschen kamen bei solchen Anlässen zusammen. John bereitete sich mit Hilfe seiner Mutter gut vor. Er kaufte Süßigkeiten, Sonnenblumenkerne und Sprudel oder Saft. Die Sonnenblumenkerne füllte er in kleine Tütchen und den Sprudel legte er mit Marias Hilfe kalt. Der kleine Junge im Rollstuhl wurde in der Umgebung bald ganz bekannt.

Da die Versteigerungen sich meistens stundenlang hinzogen, machte John oft ein gutes Geschäft an solchen Tagen. Treu blieb John bis zum Ende und versuchte so viel Zeug wie möglich an den Mann zu bringen. Bis zu 800 mexikanische Pesos verdiente er an einem Tag. Das war zu jener Zeit für einen jungen Kerl ein guter Verdienst.

In einem Geschäft im Dorf durfte er die Ware holen und anschreiben lassen. Wenn die Versteigerung dann erst gewesen war, fuhr er hin und bezahlte sie mit seinem verdienten Geld. Sein Vater zeigte ihm, dass er die Ausgaben notieren müsse, um später zu sehen, wie viel er denn wirklich verdient hatte.

So lernte John schon in jungen Jahren, wie man rechnen muss, damit ein Geschäft auch rentabel ist. Seine Mutter lehrte ihn die Zahlen und sein Vater zeigte ihm, wie man mit einer Rechenmaschine umging. Im späteren Leben hat John oft auf diese Kenntnisse zurückgegriffen.

※

Johann hatte für seine Familie draußen auf dem Hof eine Schaukel aufgestellt. Sie war aus Eisen und bestand aus zwei gegenüberliegenden Bänken, die sich beim Schaukeln gleichzeitig bewegten. Auf dieser Schaukel verbrachte John viele Stunden. Die großen Rösterbäume vor dem Haus spendeten viel Schatten, sodass die Schaukel die meiste Zeit im Schatten stand. Entweder beobachtete er die anderen Jungen beim Spielen oder er schaute zu, wie seine kleine Schwester Greta mit der Katze spielte. John liebte diese Schaukel, und besonders liebte er die Zeit am gegen Abend, wenn der Vater von der Arbeit nach Hause kam und seine Eltern sich ihm gegenüber hinsetzten.

Meistens wenn Johann nach Arbeitsschluss nach Hause kam, erwartete ihn John auf der Schaukel. Ein etwa ein Meter hoher Zementzaun trennte den Hof der Hieberts von dem Hof, wo sich das Geschäft befand. Wenn Johann gut gelaunt war, benutzte er nicht die kleine Pforte, sondern sprang über den Zaun. John wusste schon, wenn er seinen Vater springen sah, dann war er guter Laune und er freute sich, dass es seinem Vater gut ging.

Im Sommer gingen Johann und Maria meist noch in ihrem Garten spazieren, den sie zur Straße hin angelegt hatten. Maria hatte viele verschiedenen Blumen und auch Gurken und Tomaten gepflanzt. Vor dem Haus wuchsen mehrere Lebensbäume und Rosensträucher. Maria atmete tief durch von der Tageslast, wenn sie am frühen Abend mit Johann hier entlangspazierte. Der Garten gab ihr stets neuen Lebensmut.

John konnte sich nicht darüber beklagen, dass die Jungen in seinem Alter ihn nicht besuchen kamen. Regelmäßig kamen sie und spielten mit ihm. Sie spielten gerne mit seinen Maschinen und Fahrzeugen, denn sie besaßen nicht so viel wie er.

Es kam aber auch schon mal vor, dass sie John zurück ins Haus brachten, wenn sie etwas unternehmen wollten, wo John nicht mitmachen konnte. Dann sagten sie zu ihm: „Was wir jetzt machen wollen, das ist nicht für dich." Keiner der Jungen meinte es schlecht mit John, doch solche Aussagen taten ihm dann doch etwas weh. In solchen Momenten fühlte er sich einsam. Doch seine Mutter konnte ihn so gut trösten, dass er bald wieder davon vergaß.

Johns großes Hobby war das Fischen. Wenn er am Wasser sitzen konnte und die Angel ins Wasser warf, dann war er zufrieden. Neben dem Geschäft von seinem Onkel Jakob befand sich ein kleiner Teich. Da er da nicht alleine hinfahren konnte, kamen die Kinder von Peter Martens des Öfteren und holten ihn ab. Viele Stunden verbrachten sie mit Angeln zu. Es gab Tage, da fischte John bis zu zehn Karpfen.

Johann hatte hinten auf dem Hof einen kleinen Wassertrog aufgestellt. Wenn John ihn fragte, ob er fischen fahren dürfe, sagte er oft zu seinem Sohn: „Du darfst gerne fahren. Aber nur, wenn du versprichst, dass du heute keinen Braten haben willst. Mama hat heute nicht die Zeit, deine Fische zu säubern. Die Fische kannst du in den Trog werfen." Bei Maria war es oft weniger die Tatsache, dass sie nicht Zeit hatte, als dass sie sich nicht wohl fühlte. Vier Kinder hatte sie zur Welt gebracht und meistens sehr schwere Geburten gehabt. Ihr Körper wollte längst nicht immer mitmachen bei dem, was sie sich vornahm. Etlichen Operationen hatte sie sich schon unterziehen müssen.

All das wusste John natürlich nicht. Und er hatte auch kein Problem damit, wenn die Fische nicht gleich gebraten wurden. Er genoss die Zeit am Wasser und die Gemeinschaft mit den anderen Jungen. Und er beobachtete oft die Landschaft um sich herum. Die wüstenartige Prärie hatte etwas Beeindruckendes an sich und das Gebirge im Nordwesten des Dorfes wirkte majestätisch auf ihn. Ein Besucher würde vielleicht nicht viel Schönes entdecken. Aber für John war dies sein Zuhause. Und zu Hause sein war immer am allerschönsten!

※

1999. Der Sommer war dabei sich zu verabschieden. Die Ackerbauern begannen, ihre Chili-, Baumwoll- und Bohnenernte einzufahren. In *Campo 5*, *Las Viriginas*, herrschte Hochbetrieb. Den ganzen Tag über fuhren Lastwagen die staubige Dorfstraße entlang, um die Ernte wegzubringen.

John und Greta waren bei ihrer Tante untergebracht. Es war der 1. September, als sie die Nachricht erhielten, dass sie eine Schwester bekommen hatten. „Anna heißt sie", sagte ihnen ihre Tante. Sowohl John als auch Greta waren überglücklich. John war elf Jahre alt und Greta fünf.

Johann und Maria waren schon einige Tage vor der Geburt ihrer Tochter nach *Ciudad Juarez* ins Krankenhaus gefahren. Während ihre Kinder sich über die Nachricht des Geschwisterchens freuten, freuten sich Johann und Maria noch nicht. Sie durchlebten schwere Momente. Anna war in Ordnung, aber um Marias Leben wurde gekämpft. Die Geburt war schwer gewesen und die Ärzte hatten alle Hände voll zu tun mit Maria. Johann stand die größten Sorgen und Ängste aus. „Was, wenn Maria stirbt? Bitte, lieber Gott, erhalte sie mir am Leben!" So betete Johann.

Als dann die Ärzte die Nachricht brachten, dass Maria über dem Berg sei und dass sie es schaffen würde, fiel ein so großer Stein von seinem Herzen, dass er laut aufatmete. „Danke lieber Gott!" Johanns Worte kamen aus tiefstem Herzen.

Zu Hause warteten John und Greta ungeduldig auf die Rückkehr ihrer Eltern und ihres Schwesterchens. Sie verstanden es nicht, dass diese nicht gleich nach der Geburt nach Hause kamen. John sagte voller Ungeduld zu seiner Tante: „Ich hoffe doch stark, dass die kleine Anna im Krankenhaus nicht groß wird. Gerne würde ich sie noch klein erleben." John platzte beinahe vor Neugier.

Als Johann und Maria dann endlich nach Hause kamen, hielt Maria ein kleines Bündel in ihren Armen. „Das ist Anna", stellte sie ihre Tochter freudestrahlend vor. Sie sah noch sehr müde aus, aber das Glück strahlte aus ihren Augen.

John war darüber erstaunt, wie ein so kleiner Mensch so viel Freude in ein Heim bringen konnte. Er hielt die kleine Annie, wie sie von allen genannt wurde, oft in seinen Armen, gab ihr die Flasche und schaukelte sie in den Schlaf. Seiner Mutter war er dabei eine große Hilfe. Wenn Annie unzufrieden wurde, fuhr John sofort zu seiner Mutter und holte sie. John mochte es nicht, wenn sein Schwesterchen weinte.

Maria selber erholte sich nur sehr schwer von der Geburt. Sie fühlte sich meist schwach. Doch für ihre Kinder gab sie alles. Sie pflegte zu sagen: „Meine Kinder kommen vor meiner Arbeit. Sie sind mir wichtiger als alles andere."

Die Einheit und die Harmonie in der Familie standen bei den Hieberts hoch geschrieben. Johann und Maria erlebten ihre Familie als einen großen Segen. Und das versuchten sie ihren Kindern zu vermitteln.

༄

Annie entwickelte sich zu einem fröhlichen, gesunden Mädchen. Sie brachte viel Freude in die Familie. John und Greta verwöhnten ihre Schwester.

Als John erst beobachtete, dass Annie zu krabbeln begann, nahm er sich eines ganz fest vor: „Bevor Annie gehen wird, werde ich auch gehen! Sie ist ja immerhin so viel jünger als ich." Als Annie dann die ersten Schritte machte, fühlte John in sich eine tiefe Enttäuschung. Er hatte es sich doch so sehr vorgenommen. Warum um alles in der Welt lernte er nicht gehen? Die Ärzte hatten ihm nie richtig erklärt, was sein Problem war, zumindest hatte er es nicht verstanden. Gelähmt war er nicht, er hatte Gefühl in seinen Beinen. Warum bloß lernte er nicht gehen?

Johns Freude darüber, dass Annie gehen lernte, hielt sich etwas in Grenzen. Er wollte sich so gerne mit ihr mitfreuen, aber es fiel ihm schwer. Dieser kleine Mensch ging und er als 12-Jähriger schaffte es nicht. Seine Mutter beobachtete seine Enttäuschung und tröstete ihn: „John, wir werden niemals aufgeben. Eines Tages wirst du gehen können." Dass sie WIR sagte, stärkte John sehr. Er wusste, mit der Unterstützung seiner Eltern konnte er stets rechnen. Sie waren sein Halt im Leben, sie gaben ihm Mut, immer wieder weiterzumachen.

III.

Es war Anfang August 2001. Im Hochsommer hatten die Siedler von *Las Virginias* alle Hände voll zu tun. Auch Johann kam fast nicht zum Ruhen. Tagsüber arbeitete er im Geschäft und nebenbei betrieb er mit seinem Bruder Hein Ackerwirtschaft. Er war nur selten auf dem Feld, sondern arbeitete mehr im Bereich der Maschinen und der Finanzen.

Die letzten Wochen waren etwas anstrengend gewesen. Von früh bis spät hatte er gearbeitet. Für seine Familie hatte er nur sehr wenig Zeit gehabt. Etwas müde und sich nach einer Abwechslung sehnend betrat Johann am 4. August das Geschäft. Es war ein Samstag. Aus Erfahrung wusste er, dass viel Betrieb sein würde.

Schon bald am Morgen betrat sein Bruder Hein das Geschäft und kam direkt auf ihn zu. Wenn er irgendetwas brauchte, ging er immer zu Johann. Diese beiden Brüder verstanden sich sehr gut. „Was hältst du davon, wenn wir morgen mal einen Ausflug machen?", fragte Johann seinen jüngeren Bruder. „Ich möchte gerne etwas mit meiner Familie unternehmen. Ich hatte in den letzten Tagen und Wochen wenig Zeit für sie." Hein zeigte keine allzu große Begeisterung. Johann versuchte ihn zu überzeugen. „Ich hätte große Lust, an einen See zu fahren und eine Bootsfahrt zu machen." Johann liebte es, ans Wasser zu fahren. „Ich weiß nicht so genau", zögerte Hein. „Ich habe keine große Lust und außerdem kostet es auch noch wieder Geld." „Ich bezahle auch das Boot", sagte Johann. Er wollte diesen Ausflug wirklich gerne machen.

Mittags war der Ausflug eine beschlossene Sache. Johann hatte Hein überredet und Hein lud noch zwei weitere Ehepaare ein. Es waren die Brüder seiner Frau mit ihren Familien.

Diese Nachricht wurde von John und Greta freudig aufgenommen. Ausflüge waren immer etwas Tolles, und wenn diese dann noch mit den Eltern gemacht wurden, doppelt so schön. „Morgen fahren wir mal raus, raus aus dem Alltag, einmal abschalten von allem", sagte er begeistert zu Maria. Er freute sich wirklich riesig auf den morgigen Tag.

❧

Am Sonntag, dem 5. August, brannte die Sonne von früh morgens auf die Erde. Es war das perfekte Wetter für einen Tag am Wasser. Früh morgens fuhren sie los. In *Casas Grandes* machten sie Halt, denn hier wohnte eines der Ehepaare, die mitfahren wollten. Annie hatten sie zu Hause gelassen. Sie war noch nicht ganz zwei Jahre alt und Maria hatte sie bei ihren Geschwistern gelassen. „Dann kann ich den Tag auch besser genießen", hatte sie zu Johann und den Kindern gesagt.

Casas Grandes war ein kleines Städtchen mit einigen tausend Einwohnern. Allgemein schien die Bevölkerung sehr arm zu sein. John beobachtete die Gegend. Die meisten Menschen lebten in kümmerlichen, winzigen Behausungen. Er staunte, dass Menschen so aneinandergereiht leben konnten. Auf dem Weg nach *Casas Grandes* hatte er große Plantagen gesehen; Pfirsiche, Pflaumen, Nuss-Bäume und Chilipflanzen. Die Nussbäume würden wohl noch etwas warten, aber die anderen waren reif zur Ernte.

Der See lag von ihnen aus etwas hinter *Casas Grandes*. „La Laguna de las Casas Grandes", so nannte man diese Wasserstelle hier in der Gegend. Als der See am Horizont auftauchte, setzte John sich noch etwas gerader hin, damit er besser sehen konnte. Fast rund um den See ragte Gebirge in den Himmel. Der See hatte an einigen Stellen recht steiniges Ufer. An anderen Stellen stand hohes Gebüsch am Ufer und noch an anderen war ein längerer Strand, wo das Wasser allmählich tiefer wurde. An solch einer Stelle richtete die Gruppe sich ihren Rastplatz ein.

Die Stimmung war fröhlich. Alle waren gut gelaunt und lachten und erzählten viel. Kurz bevor sie am See ankamen, hatten die Männer ein kleines Motorboot gemietet. Sobald sie am See angekommen waren, begann der Spaß. Abwechselnd durften die Kinder mit dem Boot mitfahren. Im Boot waren auch mehrere Schwimmreifen gewesen, die wohl mehr als Rettungsringe gedacht waren. Diese wurden jetzt mit einem Seil am Boot festgebunden. Die Kinder, die gerade nicht badeten, hielten sich abwechselnd an diesen Reifen fest und wurden vom Boot durchs Wasser geschleppt. Es war ein Riesenspaß, für Jung und Alt.

Es gab auch noch mehr Leute, die diesen Sonntag am See verbrachten. Man sah Ruderboote, Motorboote und auch Jet Skis, die auf dem Wasser ihren Sport trieben.

Um die Mittagszeit bereitete Johann eine leckere Mahlzeit vor. Fleisch und Gemüse briet er in einer Scheibe, die von Gas angeheizt wurde. Dies wurde dann mit einer Tomatensoße serviert. *Disko* nannte sich dieses Gericht und gehörte bei vielen Erwachsenen zu den Lieblingsmahlzeiten.

Nach dem Mittagessen ging der Spaß weiter. Die Kinder durften aufs Boot steigen und die Männer schlugen mit ihnen eine große Runde. John saß ganz an der Kante und ließ seine Hand im Wasser spielen. Einmal durfte er das Boot sogar ein Weilchen steuern. Er genoss diesen Ausflug. Mit strahlenden Augen schaute er seinen Vater an. Dieser schaute ihn freundlich an. Johann sagte seinem Sohn nicht oft, dass er ihn lieb hatte. Aber sein Verhalten war deutlich genug. Johann war stolz auf seine ganze Familie und sowohl seine Kinder als auch seine Frau liebte er von ganzem Herzen.

„So, es ist Zeit zum Aufhören", sagte einer der Erwachsenen. „Wir müssen aufbrechen. Zuhause warten noch unsere Milchkühe auf uns." Es war etwa so gegen 15 Uhr. Die Sonne brannte immer noch heiß aufs Wasser. Von den Kindern kam natürlich Protest. Für sie war es noch viel zu früh, um aufzubrechen. Doch das Boot fuhr zum Strand und die Kinder stiegen aus.

„Wir machen noch eine letzte Runde", rief einer der Männer den Frauen zu. „Kommt, steigt ein. Ihr wart noch nicht dran." Noch nie zuvor hatten sie ein Boot gemietet und es wäre zu schade, wenn die Frauen nicht auch wenigstens einmal auf dem Wasser gewesen wären. Einer der Männer blieb am Strand bei den Kindern und die Frauen stiegen ein. Heina und Justina, die Kinder von Hein und Lena Hiebert, begannen zu weinen, weil sie sich nicht von ihrer Mutter trennen wollten. Also wurde kurzerhand entschieden, dass die vier Jüngsten mitdurften.

„Ab geht die Fahrt", rief jemand und das Boot setzte sich in Bewegung. Insgesamt waren elf Personen eingestiegen. Johann und Maria, Hein und Lena Hiebert mit ihren zwei Kindern Justina und Heina, Lenas Bruder, der das Boot steuerte, und seine Frau und seine Schwägerin mit je einem kleinen Kind auf dem Schoß.

Kurz nachdem sie losgefahren waren, warf Johann die Rettungsringe raus. „Die brauchen wir nicht mehr", sagte er. Außerdem war das Boot auch so schon überfüllt.

Hein Hiebert beobachtete seinen Bruder Johann. Dieser schien sehr bedrückt zu sein. Meistens hatte er eine lustige Bemerkung auf Lager. Jetzt saß er sehr nachdenklich neben seiner Frau auf der hintersten Bank im Boot. „Ist alles in Ordnung?", fragte Hein seinen Bruder. „Ja, alles ok", antwortete dieser. Doch ganz überzeugt klang das nicht. Auch Maria schaute sehr ernst. Aber bei ihr konnte er das eher nachvollziehen. Sie hatte unlängst eine schlechte Erfahrung im Wasser gemacht und deshalb wohl etwas Angst. Johann hatte damals gesagt: „Ich werde meine Frau nie ertrinken lassen, auch wenn es mir mein Leben kosten sollte." Wie bald sich dies bewahrheiten würde, hatte er damals wohl nicht geahnt.

Auf der Mitte des Sees wendete der Steuermann das Boot und mehrere Wellen entstanden. Das wiederholte er einige Male, sodass etwas Bewegung in die Fahrt kam. „Hein, möchtest du mal steuern?", fragte er seinen Schwager. Obwohl dieser nicht unbedingt wollte, drückte er ihm das Steuer in die Hand, nachdem er noch wieder eine Wendung gemacht hatte. Hein drehte das Steuer herum, sodass das Boot geradewegs in eine Richtung fuhr. Doch die Welle, über die das Boot nun fuhr, war etwas größer als die bisherigen und Wasser spülte ins Boot. Die Frauen und Kinder erschraken und bewegten sich nach hinten. Später wusste wohl niemand so genau zu erklären, was genau passiert war. Das Boot verlor sein Gleichgewicht und kippte um. Alle elf Passagiere fielen ins Wasser und das Boot blieb kopfüber im Wasser liegen. In der nächsten halben Stunde schlug für sieben Personen die Stunde des Todes.

⚜

Am Strand spielten die Kinder währenddessen vergnügt. Einige badeten im flachen Wasser und tobten herum. John war bis zu den Knien ins Wasser gefahren und hatte eine Angel ausgeworfen. Es war wohl eher unwahrscheinlich, dass er hier einen Fisch fangen würde bei dem Lärm der anderen Kinder. Aber versuchen wollte er es. Baden konnte er eh nicht.

Plötzlich hörte er, wie der Mann neben ihm rief: „Unser Boot kippt!" John hörte dies zwar, realisierte aber im ersten Moment gar nicht, welch tragische Auswirkungen dieser Satz haben könnte. Alle Kinder schauten auf den See hinaus und sahen weit entfernt das umgekippte Boot. Um Menschen zu erkennen, war die Entfernung wohl etwas zu groß.

Neben John stand Greta. Sie weinte los. „Was jetzt? Was passiert mit Mama und Papa?" Greta bombardierte John mit Fragen. Der wusste natürlich nicht, was er antworten sollte. Es hatte einige Sekunden gedauert, bis er begriff, was da vor sich ging. Doch nun machte er sich schon die schlimmsten Vorstellungen. Was sollte er seiner Schwester sagen? Das Einzige, was ihm einfiel, war: „Papa kann schwimmen." An dieser Tatsache klammerte er sich. Sein Papa war ein starker Mann. Dass Mama nicht schwimmen konnte, betonte er schon nicht extra. Der Vater würde sich und seine Mutter schon retten.

Die Kinderschar mit dem Mann, der bei ihnen geblieben war, stand da wie geschockt. Verzweifelt und machtlos fühlten sie sich. Sogar die Kleinen merkten, dass hier soeben etwas ganz Schlimmes passiert war. Doch sie konnten nichts tun. Sie hatten kein Boot, sie konnten nicht zu Hilfe eilen. Tatenlos standen sie da und erlebten mit, wie sich das Leben aller Anwesenden von einer Minute zur anderen veränderte.

„Wo sind die Reifen?", rief jemand von den Hilfesuchenden im Wasser. Tja, die Reifen waren am Strand geblieben. „Die brauchen wir nicht mehr", hatte Johann gesagt. Und auch Schwimmwesten waren keine da. Sie hatten noch welche kaufen wollen, aber das Geschäft, wo sie einkaufen wollten, war sonntags geschlossen. Sie waren also ohne jegliche Rettungsmöglichkeiten.

Hein Hiebert suchte im Wasser nach seiner Frau mit den beiden Kindern. Ihnen galt seine erste Sorge. Er selber klammerte sich an einer Eisbox, die sie im Boot mit dabei gehabt hatten und die auf dem Wasser schwamm. „Warte Lena, ich helfe dir", rief er seiner Frau zu. Die vierjährige Justina war bei ihrer Mutter auf die Schultern geklettert. Den fast zweijährigen Heina hielt Lena im Arm. So schnell er konnte schwamm Hein in die Richtung, wo er seine Frau zum letzten Mal gesehen hatte.

In einem Motorboot musste es vorschriftsmäßig eine Bank geben, die nicht fest angeschraubt war. Diese war beim Umkippen rausgefallen und an dieser Bank hielten sich Lena und ihr Bruder abwechselnd fest. Wenn sich beide gleichzeitig hielten, ging die Bank unter. Einer versuchte sich so lange wie möglich über Wasser zu halten. Wenn er nicht mehr konnte, griff er zur Bank. So wechselten sie sich ab.

Die Strecke zwischen seiner Frau und ihm schien Hein Hiebert gar nicht so lang zu sein. Doch als er diese erst schwimmen musste, dauerte es doch länger als er gedacht hatte. Während er verzweifelt versuchte, seine Frau zu erreichen, sah er Johann und Maria einmal vorkommen und nach Luft schnappen. Dann sah er von ihnen nichts mehr. Einige Leichen schwammen schon auf dem Wasser. Die Verzweiflung trieb ihn und gab ihm mehr Kraft, als er eigentlich hatte. „Ich muss es schaffen, ich muss!", sprach er sich selber Mut zu.

Lena stellte unterdessen in Panik fest, dass aus dem Körper ihres kleinen Heinas das Leben wich. Sie hielt ihn an der Hand fest, aber ihre Kräfte schwanden. Sie konnte nicht mehr. Die Verzweiflung gab ihr ein letztes Mal die Kraft, ihn hochzuziehen. In dem Moment, wo sie dachte, nicht mehr oben bleiben zu können, kam Hein ihr zu Hilfe. Doch für Heina war es grade zu spät. Die Eltern mussten mit tiefem Schmerz feststellen, dass ihr kleiner Sohn es nicht geschafft hatte. Er hatte den Kampf gegen das Wasser verloren. Das Leben war aus seinem Körper gewichen. Lena hielt ihn weiter fest und Hein half ihr mit Justina.

Heina hatte es nicht geschafft. Würden sie es schaffen? Wo waren die anderen? Seine beiden Schwägerinnen hatte Hein anfangs einmal gesehen, aber nun war auch von ihnen und ihren zwei Kindern keine Spur zu sehen. Von Johann und Maria hatte er auch nichts weiter gesehen. Wo waren sie? Waren sie noch am Leben? Warum kommt uns niemand helfen? Werden wir es schaffen? Tausend Gedanken schossen den Ertrinkenden durch den Kopf. Mit Worten kann man die Verzweiflung und die Hoffnungslosigkeit ihrer Situation nicht beschreiben.

Die Kinder am Strand waren zwar nicht in Lebensgefahr, doch für sie war die Situation nicht einfacher. Sie konnten einfach nichts unternehmen, um ihren lieben Eltern zu helfen. Ein einheimischer Mexikaner, der das Ganze auch beobachtet hatte, stürzte sich ins Wasser, um den Ertrinkenden zu Hilfe zu eilen. Doch das Wasser war schon bald so tief, dass er frustriert aufgab.

Plötzlich entdeckte einer der Kinder, dass ein Motorboot sich auf den Weg zu der Unfallstelle machte. Es flammte wieder ein kleines Fünkchen Hoffnung auf. „Schaut dort, da kommt Hilfe an!", riefen sie. Doch schon im nächsten Moment wurden sie enttäuscht. Das Motorboot blieb abrupt stehen. Was war passiert? „Nun beeil dich schon", rief jemand. Doch es bewegte sich nicht weiter. Nachher erfuhren sie, dass das Boot keinen Brennstoff mehr in seinem Tank gehabt hatte.

Auch einer der Sportler, die mit dem Jet Ski unterwegs waren, wollte zu Hilfe eilen. Doch auch bei ihm machte der Motor nicht mehr mit. Es schien, als ob sich alles gegen sie gestellt hatte. Warum nur in alles in der Welt war niemand da, der helfen konnte?

Hein und Lena waren am Ende ihrer Kraft. Schon die körperliche Anstrengung war zu viel gewesen und dann noch zu sehen, wie einige ihrer Lieben, unter diesen ihr Sohn, einen qualvollen Tod sterben mussten, das alles überstieg ihrer körperlichen und seelischen Kraft. Als sie glaubten, sie würden es nicht mehr schaffen, sahen sie ein Ruderboot, das auf sie zusteuerte. Dieses Boot erreichte sie ungefähr eine halbe Stunde nach dem Unfall. Gerade rechtzeitig – für sie. Aber für sieben von den elf Passagieren zu spät!

Von irgendwo bekamen sie noch wieder so viel Kraft, dass sie so lange aushalten konnten, bis das Boot sie erreichte. „Suban señores!", hörten sie einen einheimischen Mexikaner rufen. Mit der letzten Kraft zogen sie sich ins Boot. Hein und Lena, mit ihrer Tochter Justina und mit dem leblosen Körper ihres Heinas, und Lenas Bruder. Vier Personen waren gerettet. „Y los otros?", fragte der Mexikaner. Tja, wo waren die anderen? Nun da sie selber in Sicherheit waren und nicht mehr um ihr Leben kämpfen mussten, wurde das Herz noch schwerer, wenn sie daran dachten, dass die anderen wohl alle ertrunken waren. Etwas weiter nach hinten sahen sie zwei Körper im Wasser treiben. Doch von den anderen war keine Spur.

In diesem Moment hörten sie auch schon ein größeres Motorboot auf sie zu kommen. Es war die Polizei. Jemand hatte sie verständigt, und sie würden die Bergung der Leichen übernehmen.

Aus diesem Grund machte das Ruderboot kehrt und steuerte auf das Ufer zu. Traumatisiert starrten die Geretteten vor sich hin. Ihr Leben hatte sich innerhalb einer halben Stunde geändert, total geändert. Soviel Schlimmes zu erleben war für Lena zu viel. Als sie am Strand ankamen, musste sie sich übergeben. Viel Wasser erbrach sie. Die kleine Leiche ihres Heinas wurde in den Sand gelegt. Die vierjährige Justina starrte mit großen Augen auf ihren fast zweijährigen Bruder. Es würde lange dauern, bis sie aus diesem Trauma herauskommen würde.

✥

Die anderen Kinder hatten mit Spannung auf das Boot gestarrt, das auf das Ufer zu ruderte. Wer wird drinnen sein? „Bestimmt sind unsere Eltern da drinnen. Sie haben es bestimmt geschafft", so hätte John Greta am liebsten getröstet. Die stand neben ihm und weinte. Doch irgendwie brachte er es nicht über die Lippen. Er hatte ein sehr ungutes Gefühl.

Als das Boot näher kam, erkannte John, dass weder seine Mutter noch sein Vater mit dabei waren. Sein Herz schien stehen zu bleiben. Greta stand neben ihm und hörte nicht auf zu weinen. „Wo sind Mama und Papa?", fragte die Sechsjährige ihren Bruder. „Warum sind sie nicht auf dem Boot?" Und wieder weinte sie hemmungslos. John hätte seine Schwester so gern getröstet. Es tat ihm so unbeschreiblich weh, dass sie so sehr weinte. Doch er war so bestürzt, dass er nicht sprechen konnte. Er selber hätte dringend Trost gebraucht. Aber niemand tröstete sie. Die Eltern waren nicht da und die anderen Erwachsenen hatten alle Hände voll zu tun.

Zwei weitere Leichen wurden bald darauf geborgen. Sie hatten in der Nähe des Bootes getrieben und wurden an den Strand gebracht und in den Sand neben den kleinen Heina gelegt. Die Suche wurde fortgesetzt. John und Greta klammerten sich immer mehr aneinander. Sie hielten die Spannung fast nicht aus. Als es schon dunkel wurde, sagte Greta zu ihrem Bruder: „Wenn Mama und Papa ertrunken sind, dann werde ich mich auch ertränken." „Greta, so etwas darfst du nicht einmal denken", entgegnete John ihr unter Tränen.

Stunde um Stunde verging. Die Polizei suchte unermüdlich weiter. In der Finsternis wurde die Suche etwas erschwert. Mit langen Hacken fuhren sie durch das Wasser, das an der Stelle wohl um die 20 Schuh tief war. Nichts! Von Johann und Maria und den zwei anderen Personen keine Spur!

Je länger sich die Suche zog, desto unruhiger wurde John. Gerade in den letzten Tagen hatte seine Mutter noch davon gesprochen, dass es nun fast zehn Jahre her war, wo der kleine Franz ertrank. Sollte es wirklich Gottes Wille sein, dass seine Eltern auf dieselbe Art und Weise ums Leben kamen wie sein ältester Bruder? Am Samstag, also gestern, hatte die Mutter zu ihm gesagt: „Lieber John, es macht mich traurig, dass ich vielleicht eher sterben werde als du. Was wird mit dir geschehen? Um deine Schwestern mache ich mir auch Sorgen, aber um dich ganz besonders." John hatte seiner Mutter entgegnet, dass sie so etwas nicht denken und aussprechen sollte. Aber er hatte gut verstanden, was sie meinte. Sie hatte es nicht direkt so gesagt, aber gedacht hatte sie: „Einen gehbehinderten Jungen wird sich niemand annehmen wollen!" Das war in ihrer Gesellschaft so.

Und dann heute auf der Fahrt zum See, hatten sie im Auto über das Sterben und das Begraben gesprochen. Da hatte sein Vater gesagt: „Wenn wir eines Tages sterben, dann möchte ich ordentlich begraben werden. Ich möchte unbedingt, dass mein Grab mit einem Grabstein versehen wird." Er hatte seinen Kindern erklärt, dass dies längst nicht immer der Fall sei in ihrem Dorf. Und dann, nach einigen Jahren, weiß niemand mehr, wer wo begraben liegt. Es käme sogar vor, so hatte Johann erzählt, dass nach einigen Jahren dort ein Ackerfeld stünde, wo einst Menschen begraben worden waren.

Seine Gefühle fuhren Achterbahn und sein Verstand konnte nicht mehr klar denken. Immer wieder hörte er diese Worte seiner Mutter und seines Vaters. Warum hatten sie so gesprochen? Hatten sie irgendwelche Vorahnungen gehabt? Hatten sie es im Gefühl gehabt, dass heute etwas Schreckliches passieren würde?

Warum seine Eltern? Er brauchte sie doch so sehr! Er konnte sich nicht alleine anziehen, nicht alleine auf die Toilette gehen und sich mit seinem Rollstuhl nur begrenzt weiter bewegen. Er brauchte seine Eltern! Wer würde jetzt für ihn kochen, wenn seine Mutter nicht mehr da war?

Aber immer noch gab es diesen kleinen Hoffnungs-schimmer, dass die Leichen ihrer Eltern noch nicht geborgen wurden. Es könnte ja sein, dass sie… John wollte noch nicht aufgeben, noch nicht daran denken, dass seine Eltern wirklich ertrunken waren.

Die Stimmung am Strand wurde immer gespannter und verzweifelter. Seit Mittags hatten sie nichts gegessen. Sie verspürten auch keinen Hunger, aber ihr Magen war leer. Ihre Kräfte wurden weniger. Mittlerweile waren auch schon noch mehr Menschen aus *Las Virginias* angereist. Irgendwann entschied jemand, dass wenigstens die Kinder und Lena Hiebert vom See weggebracht werden sollten. In *Casas Grandes* wohnte eine Deutsch sprechende Frau. Da brachte man sie hin.

Die Kinder erhielten etwas zum Essen und einen Platz, wo sie sich hinlegen konnten. Doch schlafen konnte niemand. Sie standen noch alle unter Schock. Greta und John sprachen schon nichts mehr. Ihre Stimmen waren weg. Sie fanden einfach keine Worte mehr in dieser ausweglosen Situation. Nur ihre Gedanken überschlugen sich. Sorgen und Angst um die Zukunft wechselten sich mit unbeschreiblicher Traurigkeit und Wut. Doch immer noch gab es für John und Greta diesen Hoffnungsschimmer, dass ihre Eltern vielleicht doch noch irgendwo am Leben sein könnten.

Am nächsten Morgen holte sie jemand ab und brachte sie nach Hause. „Nach Hause?", fragte John sich im Stillen. „Wird es unser Zuhause bleiben, wenn die Eltern nicht gefunden werden? Werde ich mich je wieder irgendwo zu Hause fühlen, wenn meine Eltern wirklich ertrunken sind?"

※

Am See wurden die helfenden, wartenden und suchenden Menschen immer mehr. Zwei weitere Leichen waren am Vormittag des nächsten Tages gefunden worden. Von Johann und Maria Hiebert immer noch keine Spur.

Am Strand wartete bereits auch Johann's Vater, der alte Ohm Hiebert. Traurig, verzweifelt und mit dem Gefühl, dass sein Herz zerriss, ging er am Ufer des Wassers auf und ab. Jedes Mal, wenn ein Boot Richtung Ufer kam, blickte er hoffnungsvoll auf. Irgendwann mussten sein Sohn und seine Schwiegertochter doch gefunden werden.

Kurz vor Mittag konnte die lange Suche dann endlich erfolgreich beendet werden. Die Polizei stieß mit ihren Hacken auf eine weitere Person und wollte sie hochziehen. Doch nein, was war das? Es war nicht eine Person, sondern zwei. Johann und Maria hatten sich umarmt. So waren sie gemeinsam ertrunken. Keiner von beiden hatte den anderen losgelassen, sie hatten sich fest umklammert gehalten.

Am Strand stand schon der Krankenwagen bereit. In ihn wurden Johann und Maria gelegt. Beide Körper waren matschig. Immer noch lagen sie in der Position, wie sie sich beim Ertrinken umklammert hatten. Fast 20 Stunden später waren sie immer noch fest aneinander geklammert.

Vater Hiebert ging auf den Leichenwagen zu und schaute hinein. Als er sprach, war seine Stimme voller Traurigkeit und Verzweiflung: „Hier bist du also, Johann." Vater Hiebert war in einigen Stunden ein gebrochener Mann geworden. An einem Tag hatte er einen Sohn, eine Schwiegertochter und einen Enkel verloren.

Mit dem Krankenwagen wurden die Leichen dann erst einmal in die Stadt zu einem Arzt gebracht. Dieser musste die erforderliche Autopsie durchführen und die notwendigen Totenscheine ausfüllen. Am späten Abend ging es dann los Richtung *Las Virginias*.

Am Sonntagmorgen waren diese Personen frohen Mutes und voller Vorfreude auf einen schönen Tag am See Richtung *Casas Grandes* gefahren. Nun, nicht einmal 48 Stunden später brachte man sie als Leichen nach Hause. So grausam konnte das Leben manchmal sein.

೨◦ಲ

John und Greta waren zu ihrem Onkel Jakob Hiebert gebracht worden. Auch Annie brachte man am nächsten Tag dahin. Die hatte ja von allem nichts mitbekommen und war auch noch zu klein, um auch nur irgendetwas davon zu verstehen. Der Tod war für sie noch kein Begriff.

Greta weinte viel. John bemühte sich, der große starke Bruder zu sein. Wo er nur konnte, tröstete er sie. Er versuchte in allen Situationen ein ermutigendes Wort für die Sechsjährige zu finden. Doch sofern er einmal irgendwo alleine war, brach der 13-Jährige zusammen. Wenn er sich nicht beobachtet fühlte, weinte er hemmungslos. Tausend Fragen, auf die er keine Antwort fand, quälten ihn. „Warum lässt Gott so etwas Furchtbares zu? Warum gerade wir? Wenn jemand seine Mutter braucht, dann bin es ich. Ich kann doch nicht gehen. Wer wird mir jetzt helfen? Warum sucht Gott sich nicht solche Personen aus, die sich in der Familie nicht verstehen? So viele leben im Streit untereinander. Die Familie ist ihnen nicht wichtig. Aber meine Eltern verstanden sich doch so gut." Er hatte niemanden, mit dem er sprechen konnte. Er war mit diesen Fragen allein. Im Hinterkopf hatte er natürlich immer noch die quälende Frage: „Wo sind die Eltern? Wird man sie noch finden?"

Diese letzte Frage wurde ihm dann bald beantwortet. Sein Onkel Jakob kam zu ihm und sagte: „Man hat sie gefunden. Sie bringen sie her. Noch heute Nacht." Johns Körper wurde von einem heftigen Schluchzen geschüttelt. Er weinte bitterlich. Er hatte zwar nicht mehr daran geglaubt, dass man sie lebendig finden würde, aber nun, da ihm die Tatsache ins Gesicht gesagt worden war, gab es keine Hoffnung mehr. Das war hart!

Der Krankenwagen mit den Leichen kam kurz vor 1 Uhr nachts. John sah den Wagen die Auffahrt zu ihrem Haus entlangfahren. Sein Onkel Jakob wohnte ja gleich auf der gegenüberliegenden Straßenseite. Schlafen hatte er sowieso nicht können. Er wollte dabei sein, wenn seine Eltern nach Hause kamen.

Alle sieben Leichen wurden in das Schlafzimmer seiner Eltern getragen. Hier sollten die Leichen aufgebahrt und gekühlt werden. Es gab im Dorf keine Leichenkammer, wo die Leichen mit spezieller Kühlanlage kalt gehalten werden konnten. Deshalb bedeckte man die Leichen mit Tüchern und legte Eisstücke drauf.

Davon bekam John schon nichts mit. Er war zurückgefahren ins Haus seines Onkels. Hier konnte er weinen, so sehr sein Herz danach verlangte. Seine Eltern hatten ihm das Beten gelehrt. Schon von jung an hatten sie ihm Geschichten von Gott und Jesus erzählt. Immer wieder hatten sie gesagt, dass Gott alles kann und keine Fehler macht. John kam zu dem Entschluss, dass seine Eltern sich hier wohl getäuscht haben müssten. Dies konnte Gott doch unmöglich gewollt haben. Dieser Unfall musste einfach ein ganz großer Fehler sein, den Gott gemacht hatte. John konnte es sich nicht anders erklären.

Schon immer wieder seit John ganz klein war, hatte er Albträume gehabt. Schlechte Träume hatten ihn zwischendurch nicht gut schlafen lassen. Doch immer war er aufgewacht und hatte seine Welt in Ordnung vorgefunden. Auch jetzt dachte er: Dies muss alles ein ganz, ganz schlechter Traum sein, aus dem ich irgendwann erwachen werde. Es muss ein Traum sein! Es darf einfach nicht wahr sein, dass meine Eltern nicht mehr da sind. Aber er wachte nicht auch, er träumte diesen furchtbaren Traum im wirklichen Leben.

Am nächsten Tag, es war der Dienstag nach dem Unfall, fuhr John zusammen mit Greta und Annie zum Elternhaus. Auch viele seiner Verwandten waren zugegen. Jemand sprach zu John und seinen

Schwestern mit liebevoller Stimme: „Wir müssen uns verabschieden. Es ist wichtig, dass ihr eure Eltern seht, sie berührt und zu ihnen sprecht." Doch John war dieser Gedanke so zuwider. Noch nie hatte er einen toten Menschen von so nah gesehen. Und nun waren es seine Eltern! Er wollte es einfach noch nicht wahrhaben, er wollte sie lebend sehen, nicht in einem Sarg!

Doch irgendwann ließ John sich überreden und fuhr zusammen mit Greta und Annie ins Zimmer. Begleitet wurden sie noch von anderen Familienangehörigen. So saß der 13-Jährige zwischen den Särgen seiner Eltern. Um ihn herum nur Leichen und weinende Personen. Für die junge Seele war es zu viel. So viel Schweres in den letzten zwei Tagen erdrückte ihn ganz einfach.

Schnell fuhr er aus dem Zimmer und flüchtete sich nach draußen. In der Nähe von ihrem Haus hatte Johns Onkel Jakob einen großen Giftspeicher. Hier wurde vorbereitet zum Singen. Es war eine althergebrachte Tradition unter den Mennoniten in Mexiko, dass man zusammenkam, um für die Verstorbenen, oder viel mehr für die Hinterbliebenen, zu singen. Dazu versammelten sich die Ältesten der Gemeinde, Gemeindesänger, enge Freunde und Angehörige. Durch den Gesang wollte man den Angehörigen Trost zusprechen.

Die Stimmung im Lagerraum war herzzerreißend. Die ganze Versammlung war von der furchtbaren Situation schockiert. Man konnte es noch nicht richtig glauben, dass so etwas Schlimmes passiert war. Das ging nicht nur den Angehörigen so, sicher, die waren natürlich am meisten betroffen. Aber die ganze Gemeinschaft war erschüttert!

Nach dem Singen riefen sie John, dass er doch bitte zurück zum Haus kommen solle. „Annie braucht dich", sagte man zu ihm. Für sie war es in der Hinsicht am allerschwersten, weil sie einfach nichts begriff. Sie hatte sich ins Leichenzimmer geschlichen und rüttelte heftig am Arm ihrer Mutter. Immer und immer wieder sagte sie: „Mama, steh doch endlich auf, ich möchte auf deinen Schoß klettern." Sie verstand es nicht, dass ihre Mutter sie nicht mehr aus dem Bettchen holte. Noch weniger verstand sie, dass sie so leblos dalag und absolut nicht reagierte. „Versuch mal mit ihr zu reden", machten die Frauen ihm Mut.

John gab sein Bestes. Er konnte sie überreden, dass Annie bei ihm auf den Schoß kletterte. Zusammen mit ihr fuhr er nach draußen und versuchte sie etwas abzulenken. „Mama braucht jetzt etwas Ruhe, Annie. Lass sie einfach schlafen. Komm, wir spielen etwas zusammen." Von dem 13-Jährigen wurde viel Reife und Verständnis verlangt. Und um seine Schwestern zu trösten, gab er sein Bestes. Er war im Moment der einzige Halt, die einzige Familie, die seine Schwestern hatten.

୨୦୧

Die Begräbnisfeier war für Donnerstag festgelegt worden. Man hatte entschieden, dass alle sieben Personen zusammen verabschiedet werden sollten. Da man davon ausging, dass sehr viele Personen zur Trauerfeier kommen würden, sollte die Feier nicht in der Kirche durchgezogen werden. Der Raum würde die große Menschenmenge nicht fassen können. Jakob Hiebert hatte vor etwa einer Woche den Bau eines großen Speichers beendet. Hier sollte das Begräbnis stattfinden.

Johann hatte den Speicher damals begutachtet und gesagt: „Jetzt ist er fertig." Eine ganz normale Aussage. Im alltäglichen Leben hatte man ihr keine Beachtung geschenkt. Doch nun im Nachhinein in Anbetracht der Umstände weckte sie schmerzliche Gefühle in einem. Johann hatte den Bau für beendet erklärt, hatte aber nicht gewusst, dass man sich zu seiner eigenen Beerdigung zum ersten Mal in diesem Raum versammeln würde. Oder hatte er eine Vorahnung gehabt?

Der 9. August 2001 wurde für John, Greta und Annie und für viele anderen Menschen zu einer schmerzlichen, unvergesslichen Erinnerung. Um 13 Uhr begann die Beerdigung. Über 2.000 Personen waren erschienen. Wer den Anblick der sieben Särge vorne im Saal gesehen hat, wird ihn wohl sein Leben lang nicht aus seiner Erinnerung löschen können. Vier große Särge und drei kleine. John und Greta saßen zwischen ihren Eltern. Um Annie kümmerten sich andere Frauen. Sie war die ganze Zeit nur am Weinen.

John saß zusammengekrümmt in seinem Rollstuhl. Von den Verstorbenen wurde der Lebenslauf gelesen und es wurde gesungen. Das meiste ging an ihm vorbei. Er weinte ohne aufzuhören. Die Gedanken fuhren Karussell. „Warum, Gott? Wie soll ich ohne meine Eltern klarkommen? Ich brauche sie doch so sehr! Was wird aus mir und meinen Schwestern werden?"

Greta saß neben ihn und weinte auch. Immer wieder starrte sie auf die leblosen Körper ihrer Eltern. Wie konnte das Leben sich nur so schnell ändern? Wer würde jetzt für sie kochen, mit ihr spielen, für sie nähen? Zwischen all den Fragen, die sie hatte, hörte sie den Prediger sagen: „Wären sie in die Kirche gefahren, anstatt am Sonntagvormittag einen Ausflug zu machen, wären sie wohl noch am Leben." Weiter nahm sie nichts mehr wahr. Was sagte der Prediger da? Waren sie Schuld an all dem? Sie hatten doch nur etwas Zeit und Spaß als Familie verbringen wollen? War das denn falsch? Mussten sie sich neben all der Trauer auch noch mit Schuldgefühlen abplagen?

Nach der Feier im Speicher begab sich die große Menschenmenge Richtung Friedhof. Der befand sich im selben Dorf, hinter dem Schulhaus. John setzte man zusammen mit seinem Rollstuhl auf den PKW, mit dem auch die Särge seiner Eltern zur Bestattung gebracht wurden. John erschien der Weg einerseits sehr weit, und andererseits wollte er, dass diese Fahrt nie endete. Wenn er jetzt vom Auto getragen wurde, dann war definitiv Schluss. Dann würde er seine Eltern nie mehr wiedersehen.

Ein Prediger versuchte auch hier noch wieder, tröstende Worte für die Angehörigen zu finden. Er sagte: „Es gibt jetzt Waisen, Halbwaisen und Eltern, die ihr Kind verloren haben..." Weiter hörte John nicht mehr zu. Es gab eh keine Worte, die in dieser Situation getröstet hätten.

Bevor die Särge in die Erde gelassen wurden, machte man John noch wieder Mut: „Verabschiede dich jetzt von deinen Eltern. Berühre sie, sprich zu ihnen. Es wird dir helfen." Doch John konnte sich nicht überwinden. Seine Eltern zu berühren war für ihn so real. Er wollte die Realität nicht akzeptieren. Er war nicht einverstanden mit Gottes Entscheidungen. Auf der ganzen Welt und auch bei ihnen gab es immer wieder Ehepaare, die sich nicht verstanden; Eltern, die keinen guten Kontakt zu ihren Kindern hatten. Warum konnte Gott denn nicht diese Leute holen? Warum seine Eltern? Sie verstanden sich doch so gut.

Ins selbe Grab wurde auch noch der kleine Heina gelegt. Er würde zusammen mit seinem Onkel und seiner Tante auf dem Friedhof ruhen.

Das Geräusch, das die Erde hinterließ, die auf die Särge geschüttet wurde, machte die Situation nur noch schlimmer. Es war so definitiv, so endgültig.

Die Hieberts Kinder blieben erst einmal bei ihrem Onkel Jakob und seiner Familie. Es gab in den Tagen nach der Beerdigung nichts, das John und Greta irgendwie getröstet hätte. John hatte keinen Appetit. Nicht einmal die Krabben, die sogenannten *Camarones,* die seine Tante extra für ihn kochte, konnte er essen. Diese Krabben waren sein Lieblingsessen. Doch schon beim ersten Bissen, den er zu sich nahm, fing er an zu würgen. Er dachte nur ständig: „Meine Mutter hat so oft für mich *Camarones* gekocht. Das wird sie nie wieder..." Das Essen kam hoch. Seine Kehle war wie zugeschnürt.

An einem Abend, als Greta wieder besonders bedrückt war, sagte John zu ihr: „Ich weiß, dass es schwer ist, Greta. Aber es wird schon alles werden. Bestimmt findet man gute Pflegeeltern für uns." Zusammen beteten die Geschwister und wünschten sich eine gute Nacht. „Morgen sieht alles schon etwas besser aus, Greta", versuchte er sie zu trösten.

So zuversichtlich wie er war, fühlte John sich gar nicht. Seine Schwestern würde schon irgendjemand aufnehmen, aber ihn? Wer wollte einen gehbehinderten Jungen, der sich nicht einmal selber kleiden konnte? Das machte ihm große Sorgen. Und das Schlimmste, was er sich im Moment noch vorstellen konnte, dass man ihn von seinen Schwestern trennen würde.

Auf dem Hof von Johann und Maria herrschte Hochbetrieb. Seit der Beerdigung war eine Woche vergangen. Der komplette Haushalt und auch der Hof und das Haus sollten versteigert werden. Schon von früh morgens waren die Angehörigen am Ordnen, Selektieren und Ausstellen. Die meisten Gegenstände wurden auf Anhänger gepackt und auf dem Hof ausgestellt.

„John", rief einer seiner Tanten ihn. „Was würdest du gerne als Andenken an deine Eltern halten?" „Alles", hätte der Junge am liebsten gerufen. Aber das ging ja natürlich nicht. Das leuchtete sogar ihm ein. John durchstöberte die Habseligkeiten seiner Eltern. So viele Erinnerungen kamen hoch. Er sehnte sich jetzt schon so sehr. Wie sollte er es sein Leben lang ohne sie aushalten? Irgendwann hörte er auf mit dem Suchen. Es war ihm zu schwer. Er konnte sich für nichts entscheiden. Also übernahmen seine Tanten das für ihn. Später gaben sie ihm diese: Ein Tuch von der Mama und ein Hemd vom Papa. Dazu einige weitere Kleinigkeiten.

John war bisher immer gern zu Ausrufen gefahren. Immer hatte er nur das Geschäft gesehen, denn schon oft hatte er sein gutes Geld an solchen Tagen gemacht. Nie hatte er sich so wirklich Gedanken darüber gemacht, warum die Sachen versteigert wurden oder welches der Anlass der Versteigerung war. Doch heute fand er einfach kein Gefallen daran. Er überlegte sogar einmal, ob er denn überhaupt dabei sein wollte. Doch er konnte es nicht über sich bringen, den Hof zu verlassen.

Um die Mittagszeit wurde die Menschenmenge immer größer. Die Versteigerung war im vollen Gange. Um nicht bei jedem Gegenstand, der verkauft wurde, noch trauriger zu werden, hatte John sich in die Garage verkrochen und verkaufte Süßigkeiten, Sonnenblumenkerne und Getränke. Dieses Mal hatte seine Mutter ihm nicht geholfen, die Ware vorzubereiten, wie sonst immer. Es machte John heute auch keinen Spaß. Doch er wollte sich irgendwie ablenken von dem ganzen Rummel.

Im Hintergrund hörte John den Ausrufer mit lauter Stimme rufen: „15.000 Pesos! Wer bietet mehr?" Nach einer Weile hieß es dann:

„Und zum Dritten!" Damit ging eine Sache mehr in fremde Hände. Mit jedem Stück, das versteigert wurde, wurde sein Herz schwerer.

Als er spät am gegen Abend den Hof verließ, gehörte der Hof nicht mehr Johann Hieberts. Auch der gesamte Haushalt war versteigert worden.

John, Greta und Annie würden in das Heim von Peter Martens kommen. Die würden diese drei Waisen aufnehmen. John kannte die Familie. Die Jungen waren seine Freunde. Und sie wohnten im selben Dorf. Es war also nicht schlecht für ihn ausgefallen. Sie als Geschwister durften zusammen bleiben! Das war ein großes Geschenk in dieser traurigen Situation.

💫

Etwa einen Monat nach dem Tod seiner Eltern wagte John sich zum ersten Mal wieder auf den Hof seiner Eltern. Eigentlich hatte er nicht die Kraft zu dieser Fahrt – zu viele Erinnerungen hingen an Haus, Hof und Garten.

Doch es gab einen ganz besonderen Grund, warum John alle Kraft, die er hatte, zusammenraffte. Das war sein Hund. Fix hieß er. John hatte diesen Schäferhund vor einiger Zeit von seinem Vater bekommen. Er liebte Fix. Der Hund war ihm ein treuer Freund gewesen. Vom Stall, hinten auf dem Hof, bis zum Geräteschuppen an der Zufahrt war Fix an einer Leine angebunden. So hatte er genug Platz, um sich auszutoben und die Übersicht über den ganzen Hof zu behalten.

Seine Pflegebrüder, die Martens Jungens, begleiteten ihn bei dieser schweren Fahrt. Als John die kurze Auffahrt entlangfuhr, die von beiden Seiten von einer Baumreihe umgeben war, wurde er immer bedrückter. Die Trauer kam hoch und schnürte ihm die Kehle zu. Bevor sein Gemüt noch schwermütiger wurde, suchte er seinen Hund. Dieser kam ihm schon entgegen gelaufen.

„Hallo Fix", begrüßte er seinen Hund. Fix war auf dem Elternhof geblieben. Martens wollten zusätzlich zu drei Kindern nicht auch noch einen Hund aufnehmen. Außerdem, so hatte man John erklärt, wäre es für den Hund besser, auf dem Hof zu bleiben. Fix lief ihm entgegen und begrüßte ihn erfreut. John ließ sich kurz Zeit, um mit seinem Freund zu kuscheln und zu spielen.

„Weißt du noch, Fix, wie ich dir Pfefferschoten zum Fraß gegeben habe?", fragte John ihn. John hatte nämlich zu hören bekommen, dass ein Hund böse und angriffslustig werde, wenn er Pfefferschoten zu essen bekäme. Das hatte John ausprobieren wollen. Doch es hatte nicht funktioniert. Fix hatte den Fraß nur ausgespuckt und war so nett und freundlich geblieben wie bisher. John lächelte etwas bei dieser Erinnerung. Wie hatte er nur auf so etwas reinfallen können. Innerlich schüttelte er über sich selber den Kopf.

Doch dieser Moment der freudigen Erinnerung währte nur ganz kurz. Dann gab er seinen Freunden mit einem Nicken zu verstehen, dass er zurück wollte. Ins Haus wollte er dieses Mal noch nicht. Das wäre zu viel gewesen.

Und als ob die Situation nicht schon traurig genug gewesen wäre, heulte Fix auch noch laut, als John vom Hof fuhr. John liefen die Tränen über die Wangen.

Er machte sich wieder einmal klar, dass für ihn und seine Schwestern ein neues Kapitel begann. Das Leben ging weiter. Obwohl John für nichts Mut und Kraft hatte, sah er ein, dass es kein Zurück in die Vergangenheit mehr gab. Es gab nur noch ein Vorwärts in die Zukunft. Dieser Zukunft musste und wollte er sich stellen!

IV.

Februar 2002. Ein halbes Jahr nach dem Unfall. Ein halbes Jahr als Waise. Dass sich Johns Leben verändern würde, das hatte er gewusst. Er hatte sich jedoch nicht vorgestellt, dass die Änderungen so drastisch sein würden. Bei Martens waren sie erst kurze Zeit gewesen, da war es für Frau Martens zu schwer geworden. Die Mädchen waren pflegeleicht gewesen und Greta konnte auch schon etwas mitanpacken. Aber er selber musste gebadet, angezogen und auf die Toilette gebracht werden. Das wurde für sie zu viel. Deshalb musste er in Abständen immer für eine Woche bei seinen Onkel und Tanten bleiben, damit Frau Martens sich etwas ausruhen konnte.

Diese Wochen waren für John sehr schwer. Er vermisste seine beiden Schwestern so sehr. Und er fühlte sich verantwortlich für sie. Wer würde sie trösten, wenn er nicht da war? Das Leid der letzten Zeit hatte sie so zusammengeschweißt, dass es wehtat, wenn sie sich einige Tage nicht sahen. Jedes Mal, wenn er wieder zurück zu Martens kam, war die Wiedersehensfreude riesengroß.

Doch eines Tages, es war im Dezember gewesen, da war er wieder einmal in froher Erwartung zurück zu Martens gekommen. Aber statt einer freudigen Begrüßung von seinen Schwestern erwartete ihn ein trauriges Ehepaar Martens. Was war passiert? Wo waren Greta und Annie? „Sie haben sie geholt", sagte Frau Martens unter Tränen. Wer? Wohin? Warum?

Die Gründe verstand John nicht wirklich. Ihre Großeltern waren wohl mit einigen Sachen nicht einverstanden, die bei Martens liefen, besonders auch wie die Kinder gekleidet gingen. Die Kleidungsvorschriften waren in ihrer Gesellschaft sehr streng. Deshalb hatten sie kurzerhand beansprucht, die drei Enkel von dort wegzuholen. Es war weder für die Kinder noch für Martens leicht. Für die Kinder war das Heim schon ein bisschen zu ihrem neuen Zuhause geworden.

John wurde daraufhin auch zu seinem Onkel Hein gebracht. Hier wartete Greta bereits auf ihn. Hein und Lena Hiebert hatten sich bereit erklärt, die beiden Kinder bei sich aufzunehmen. Annie war bei einer anderen Tante. John war einerseits froh, dass er zu seinem Onkel Hein gekommen war. Zu ihm und auch zu seiner Tante hatte er eine gute Beziehung. Und da er dabei gewesen war, als seine Eltern ertranken, verband ihn noch etwas ganz Besonderes mit ihm. Sein Onkel Hein hatte an diesem tragischen Tag nicht nur einen Sohn verloren, sondern auch einen Bruder, drei Schwägerinnen, einen Neffen und eine Nichte. Auch er lebte in Trauer und Schmerz. Aus diesem Grund fühlte John sich verstanden. Doch traurig stimmte ihn, dass seine jüngste Schwester in einer anderen Familie war.

Schon bald erzählte Onkel Hein ihm, dass er von einer kostenlosen Behandlung gehört habe, die in den USA angeboten werde, bei der die Sehnen der Beine verlängert würden. Schon vielen Gehbehinderten war dadurch geholfen worden. „Ich möchte mit dir dahin fliegen und die Behandlung machen", sagte sein Onkel zu ihm. John war zwar erfreut über diesen kleinen Lichtblick am Horizont. Doch er machte sich keine allzu großen Hoffnungen. Er fürchtete sich davor, wieder bitter enttäuscht zu werden. Aber ein Versuch war es auf jeden Fall wert.

Etwa zwei Wochen hielten John und sein Onkel sich in den Vereinigten Staaten auf. John wurde operiert. Und mit jedem Tag der Genesung wurde die Spannung größer, wie erfolgreich der Eingriff wirklich gewesen sein würde. John fürchtete sich vor einer weiteren Enttäuschung.

Annie war mittlerweile auch zu Hieberts gebracht worden. „Es ist besser, wenn alle drei zusammen sind", war entschieden worden. Das stimmte John überaus glücklich. So konnten die Geschwister zusammenhalten, sich gegenseitig trösten und Mut zusprechen.

Denn das brauchten nicht nur die Schwestern. Auch John hatte immer wieder Zeiten, wo er ganz mutlos war. Besonders nach diesem Eingriff, der nicht den erhofften Erfolg gebracht hatte. John hatte schon nicht zu große Erwartungen gestellt, und dennoch fiel es ihm schwer zu akzeptieren, dass sich die Aussichten, gehen zu lernen, nicht verbessert hatten. Seine Angehörigen versuchten ihn aufzumuntern. Doch wie tröstet jemand, der gehen kann, jemanden, der es nicht kann? Man kann es noch so gut meinen, der Trostsuchende fühlt sich oft nicht verstanden. Es gab Tage, da träumte John davon, aus seinem Rollstuhl aufzustehen, ihn wegzuschieben und nie wieder anzuschauen.

Doch es war eben nur ein Traum. Im realen Leben war John dankbar, dass er den Rollstuhl überhaupt hatte. Denn ohne ihn wäre er noch viel hilfloser und abhängiger von anderen gewesen. Manchmal fragte er sich, wie oft ein gesunder Mensch täglich dafür dankt, dass er gehen kann. John war sich sicher, dass er nicht aufhören würde zu danken, wenn er eines Tages gehen sollte.

Onkel Hein nahm sich nach ihrer Rückkehr aus den USA die Zeit, mit ihm Übungen zu machen. John lernte zwar nicht gehen, aber einen kleinen Erfolg hatte er zu verzeichnen. Seine Beine überkreuzten sich nicht mehr so sehr, sodass es leichter wurde, ihm die Hosen anzuziehen.

Obwohl John seine Onkel und Tante sehr gern hatte, war die erste Zeit des Einlebens bei ihnen für ihn besonders schwer. Von seiner Mutter war er es gewöhnt, dass sie ständig für ihn da war. Sie hatte ihn liebevoll umhegt und gepflegt. Wenn John etwas wollte, war sie da gewesen. Angefangen am Morgen, wenn er gekleidet werden wollte und aufgehört abends beim zu Bettgehen. Ihr Geduldsfaden war nie abgerissen.

Doch bei seiner Tante war es anders. Sie selber hatte mehrere Kinder, die noch klein waren und dann jetzt noch drei zusätzliche. Mit dem kompletten Haushalt war sie allein. Viel Zeit, sich um Johns Bedürfnisse zu kümmern, blieb ihr da schon nicht. Als erstes musste John es lernen, sich alleine anzuziehen.

„Du musst es einfach lernen, John. Es gibt keine andere Möglichkeit!" „Ich kann es nicht!", widersprach John. Doch seine Tante blieb bei ihrem Entschluss. John sollte selbstständiger werden, dazu gehörte als Erstes das Anziehen, und zwar selber anziehen! Diese Lektion wurde für beide äußerst hart; für John und auch für seine Tante.

John brachte morgens stundenlang in seinem Zimmer zu. Immer wieder setzte er an, seine Hosen anzuziehen. Und immer wieder musste er missgestimmt feststellen, dass er es nicht schaffte. Er war 14 Jahre alt und konnte sich nicht alleine seine Hosen anziehen! John wurde immer verzweifelter. Seine Wut auf die Tante wurde immer heftiger. Es gab Momente, da konnte John sich nicht beherrschen. „Wie kann sie mich so im Stich lassen?", fragte er sich immer wieder.

Und wenn er sie dann noch singen hörte, steigerte er sich in seinem Ärger. „Wenn sie weniger singen würde und mir stattdessen beim Anziehen behilflich wäre, wäre uns allen geholfen." Doch so sehr John es sich auch wünschte, dass er diesen Kampf gewinnen würde und dass seine Tante Lena irgendwann sagen würde: „Ok, John, komm ich helfe dir"; dieser Wunsch erfüllte sich nicht. Seine Tante kam nicht ins Zimmer, sie gab nicht nach.

Doch, was John zu dem Zeitpunkt nicht wissen konnte und in seinem Ärger wohl auch nicht wahrgenommen hätte, war, dass es seiner Tante ebenfalls nicht gut ging. Sie litt sehr. Ihr Herz war schwer, wenn sie an ihren armen Neffen dachte, den sie dort im Zimmer sich selber überließ. Des Öfteren liefen ihr die Tränen über ihre Wangen. Es war auch für sie nicht leicht, doch sie war überzeugt davon, dass es für John das Beste war. Er musste es lernen, denn er konnte ja nicht immer von anderen Personen abhängig sein. Um sich etwas abzulenken, sang sie oft leise vor sich hin.

Wochenlang kämpfte John mit seinen Hosen und vor allem mit sich selbst, mit seinem Dickschädel. Irgendwann sah er ein, dass er derjenige war, der sich ärgerte und aufregte. Nur er selber konnte sich auch wieder abregen und sich beruhigen. Das würde niemand für ihn übernehmen. Als er sich einmal seinem inneren Kampf ergeben hatte, hörte er auf, über seine Tante zu schimpfen und konzentrierte sich auf das Anziehen. Und nach einiger Zeit stellte er fest, dass es schneller ging. Wo er anfangs mindestens zwei Stunden zum Anziehen brauchte, schaffte er es in weniger als einer halben Stunde.

John war es in diesem Moment noch nicht so bewusst, aber die Sturheit seiner Tante war für ihn ein großer Schritt in die Selbstständigkeit. Spätestens in einigen Jahren würde John dies einsehen und seiner Tante von Herzen dankbar sein, dass sie darauf bestanden geblieben war! Er hatte nicht nur gelernt, sich alleine anzuziehen, sondern auch mit seiner Wut umzugehen.

Dann traf das ein, was John seit dem Tod seiner Eltern befürchtet hatte: Die Geschwister sollten getrennt werden. Für John war das ein harter Schlag. Etwas mehr als zwei Jahre waren seit dem tragischen August 2001 vergangen. Die Trauer war immer noch sehr schmerzlich, doch allmählich war der Schmerz etwas, was zu seinem Leben gehörte. So etwas wie Routine war in sein Leben gekehrt. Er wohnte bei seinen Verwandten, war schon ein gewisses Stück selbstständiger und konnte auch kleine Arbeiten verrichten, wie z. B. vor der Tür kehren.

Doch die Familie seines Onkels wurde größer. Für Lena Hiebert wurde es irgendwann zu viel. Die Arbeit wurde nur mehr, anstatt weniger. Dies war ein Grund, aber nicht der Einzige. Sie waren tief in ihrem Inneren davon überzeugt, dass es besonders für John das Beste war. John sollte nämlich in ein Heim kommen. „Es ist das Beste für dich, John", so versuchte man ihn zu trösten. Doch John warf diesen Gedanken erst einmal weit von sich weg. Seine Gefühle wechselten von Ärger und Verzweiflung über Selbstmitleid zu Trauer. Irgendwann gab er sich selber die Schuld. „Ich werde mich von jetzt an mehr bemühen und meine Trauer und meinen Ärger nicht an euch auslassen", versprach er seinem Onkel. „Ich werde euch das Leben nicht mehr so schwer machen."

Doch sein Onkel machte John klar, dass er nicht in ein Heim müsse, weil sie über ihn verärgert seien. Auf keinen Fall! „Wir haben dich lieb und denken einfach, dass du es dort besser haben wirst." Die Einrichtungen waren speziell für Hilfsbedürftige gemacht worden. Außerdem gab es Personal, das sich nur um die Bewohner kümmerte. John wurde größer und schwerer. Das war besonders für diejenigen schwer, die ihn badeten und zur Toilette brachten.

Aus diesen Gründen meinten sie wohl, dass John im Heim besser aufgehoben wäre. Doch John konnte es nicht verstehen. Wie sollte er es in einem Heim, wo außer ihm nur geistig Behinderte waren, besser haben als bei seiner Familie? Wie sollte er es besser haben, wenn er von seinen Schwestern getrennt leben sollte? Anfangs dachte er, sie lassen von dieser Idee ab. Dann stellte er fest, dass sie es ernst meinten. Seine Verzweiflung wuchs. Und wieder einmal bohrten die Fragen in ihm, warum gerade seine Eltern sterben mussten. Warum war das Leben so grausam zu ihm? „Gott macht keine Fehler", hatte seine Mutter behauptet. Wieder einmal war er sich sicher, dass seine Mutter sich da wohl getäuscht hatte.

✿

In *Cuauhtémoc* gab es ein Heim für geistig Behinderte. „Hoffnungsheim" nannte es sich. In dieses Heim wollte man John bringen. Das war etwa fünf Stunden Autofahrt von *Las Virginias*. John hatte irgendwann eingewilligt, sich dieses Heim einmal anzusehen. Was war ihm anderes übriggeblieben?! Er hatte aber gleichzeitig darauf bestanden, dass seine Schwestern auch in diese Gegend ziehen sollten. Deshalb suchte man Pflegeeltern, die Greta und Annie aufnehmen würden.

Diese fand man auch bald. Es war ein kinderloses Ehepaar, das schon ein anderes Mädchen in Gretas Alter adoptiert hatte. Das Ehepaar war gut bemittelt, genoss ein gesellschaftlich gutes Ansehen und wohnte nicht weit vom Hoffnungsheim entfernt. Die Ausrede, seine Schwestern nicht in der Nähe zu haben, hatte John also nicht mehr. Er würde sich dieses Heim mal anschauen.

Die Fahrt nach *Cuauhtémoc* schien nie zu enden. John starrte zum Fenster raus. Was würde ihn dort erwarten? Wie würde es da aussehen? Fragen über Fragen. Er hatte eingewilligt, sich das Heim anzuschauen, aber in seinem Hinterkopf hatte er es ganz klar: Er wollte in kein Heim und noch weniger wollte er sich von seinen Schwestern trennen.

Der Besuch im Heim war ein Schock für John. Noch nie in seinem kurzen Leben hatte er so viele geistig Behinderte auf einem Platz gesehen. Gehörte er wirklich hier her? Er war doch nicht behindert! Er konnte zwar nicht gehen, aber im Kopf war er klar und clever. Was sollte er unter all diesen Menschen? Insgesamt waren es zu der Zeit etwa 17. Beim besten Willen konnte er es sich nicht vorstellen, dass er in diesem Heim jemals wieder so etwas wie Freude im Leben haben würde.

Er lernte das Heim kennen und besichtigte auch sein Zimmer. Sein Zimmer, wirklich? John tröstete sich damit, dass ja noch nichts entschieden war. Doch tief in seinem Inneren wusste er, dass er als Minderjähriger, noch dazu als körperlich Behinderter, diese Entscheidung nicht selber treffen würde. Andere würden die Weichen für sein Leben stellen.

An diesem Tag fuhr John noch wieder mit seinem Onkel und seiner Tante mit nach Hause. Doch nur, um kurze Zeit später endgültig ins Heim zurückzukehren. Greta und Annie wohnten schon bei ihren Pflegeeltern in der Swift Kolonie.

In der Nacht, bevor John ins Hoffnungsheim gebracht wurde, schliefen Hein und Lena Hiebert nicht. Für sie war es wohl die schwerste Entscheidung, die sie zu treffen hatten. Sie schnitt ihnen ins Herz. Um die Mädchen machten sie sich keine großen Sorgen. Sie kamen in ein gutes Heim. Doch John? Wie würde er sein Leben im Heim meistern? War es wirklich das Beste für ihn? Sie hofften es, konnten es aber auch nicht mit Bestimmtheit sagen. John, Greta und Annie waren nicht nur die Kinder seines Bruders. Sie waren in den letzten anderthalb Jahren wie ihre eigenen Kinder gewesen. Diese Kinderseelen hatten so viel Schweres erlebt, konnte man sie vor weiterem Leid nicht bewahren? „Wir müssen aber auch an unsere eigene Familie denken", sagten sie sich immer wieder. Fragen wechselten die Sorgen ab. Wo sie hinschauten, sahen sie Finsternis: In der Vergangenheit, Gegenwart und Zukunft. „Tun wir wirklich das Richtige?", fragten sie sich ein ums andere mal. Doch die Antwort darauf blieb aus.

Auch John machte in dieser Nacht kein Auge zu. Die Sorgen und Ängste schienen ihn zu erdrücken. Ihm erging es wie seiner Tante: Die Vergangenheit, die Gegenwart und die Zukunft sahen düster aus. Sein Leben würde eine drastische Wende nehmen. Würde er sein Leben meistern? Er war aufgeregt und hatte Angst. „Wenn du doch nur bei mir wärst, liebe Mama", sagte er leise in den Raum. Seine Mutter hatte mal gesagt, dass Franz und Jakob im Himmel Engel seien. Sie selber war dann jetzt auch ein Engel. Bestimmt konnte dieser Engel ihr Kind auf Erden leiden sehen. „Schicke mir doch meinen Engel wieder zurück, lieber Gott", betete John. Seine

Mutter hätte ihn nie und nimmer in ein Heim gegeben. Sie hatte stets ihr Letztes für ihren Sohn gegeben. Doch es kam weder ein Engel noch irgendein anderer Trost. John fühlte sich elend und allein. Er hoffte, der morgige Tag würde nie anbrechen.

❦

Schlussendlich hatte John seine Einwilligung gegeben, im Heim zu bleiben. Es war ihm nicht leicht gefallen. Nun saß er da in seinem Zimmer. Alles war befremdend. Weder von den Heimbewohnern noch vom Personal kannte er jemand. Die Wände seines Zimmers waren leer und weiß. Die Heimmutter schien bemerkt zu haben, dass er die leeren Wände anstarrte. „Wir werden dir Bilder an die Wände hängen, damit hier mehr Leben einkehrt", sagte sie zu ihm.

Seine Onkel und Tante waren noch da. Der Form halber sprach man noch einige Worte, aber keinem war besonders nach einer Unterhaltung. Der Abschied rückte näher. Als sie sich von ihm verabschieden wollten, wurde es John plötzlich bitterleid, dass er eingewilligt hatte. „Ich will doch lieber mit zurück", jammerte er. „Ich kann hier nicht bleiben." Flehend blickte er seine Angehörigen an. Tränen liefen über seine Wangen.

Aber die Würfel waren gefallen. John wurde alleine gelassen. Er weinte leise vor sich hin. Er fühlte sich so furchtbar einsam. Wie lange hatte er so dagesessen und geweint? Von wo kamen all die Tränen? Das Leben schien so trostlos zu sein. Als er den Gang zum Esssaal entlangfuhr, fragte er sich immer wieder: „Hier soll ich mich heimisch fühlen? Hier soll es mir gut gehen?" Noch nie hatte er große Menschenmengen gemocht. Und nun all diese fremden, größtenteils behinderten Menschen. Mit der besten Vorstellungskraft konnte er es sich nicht vorstellen, dass in seinem Leben je wieder die Sonne scheinen würde, dass er je wieder fröhliche Momente erleben würde.

Doch John war nicht der Einzige, der vor Traurigkeit und Sorge keinen klaren Gedanken fassen konnte. Hein und Lena Hiebert verabschiedeten sich von einem weinenden John. Und auch ihr Herz weinte. Sie liebten John, es schmerzte sie zu sehen, wie er litt.

Schweren Herzens ließen sie ihn im Heim. Auf der langen Rückfahrt waren sie sehr schweigsam.

※

Beinahe ein Monat war vergangen. John hatte im Heim viel Neues kennen gelernt. Anstatt Eltern hatte er jetzt ein Komitee und ein paar Heimeltern, die sich um ihn kümmerten. Sie meinten es gut mit ihm. Sie nahmen sich auch Zeit für ihn. Doch es war nicht dasselbe wie wenn seine Eltern sich Zeit genommen hatten. Wenn John daran dachte, dass er die Worte „Vater" und „Mutter" nie im Leben wieder aussprechen würde, dann brach es ihm fast das Herz. Es gab da ein Gedicht, das John immer wieder ein Trost war:

> Drum, liebes Herz sei ohne Scheu,
> und siehe auf deines Vaters Treu.
> Er meint es nicht böse, es ist dir gut.
> Gib dich getrost in seine Hände,
> es nimmt zuletzt ein gutes Ende.
> Lebe immerhin, so lange er will:
> Ist das Leben schwer, so sei du still.
> Es geht zuletzt in Freuden aus,
> im Himmel ist ein schönes Haus.
> Doch wer nach Christus hier gestrebt,
> mit Christi Engel ewig lebt.

Dieses Gedicht kannte John von seiner Mutter. Das sagte er sich immer wieder auf, wenn er tief traurig war. Die Zusagen waren ihm ein Trost.

John sehnte sich unbeschreiblich sehr nach seinen Schwestern. Warum kamen sie ihn nicht besuchen? Seit einigen Wochen hatten sie sich schon nicht gesehen. Sie hatten versprochen, sich so schnell wie möglich bei ihm zu melden. Doch bisher hatte er nichts von ihnen gehört.

Täglich betete er für sie. Er war sehr froh, dass sie ein gutes Heim gefunden hatten. Von Zuhause kannte John nur warmherzige und liebe Eltern. Deshalb ging er auch davon aus, dass Greta und Annie ein gutes Leben führten. Es gab sogar Zeiten, da beneidete er sie, dass sie in einer richtigen Familie leben durften und er in diesem Heim war. Doch diese Gefühle verdrängte er rasch. Sehnlichst erwartete er das Wiedersehen mit seinen Schwestern.

Als der langersehnte Tag dann endlich kam, fiel das Wiedersehen zu Johns Enttäuschung nicht so freudig aus. Es klopfte an der Tür und herein schlüpften zwei etwas verängstigte Mädchen. Die fremde Umgebung schüchterte sie ein. Die vierjährige Annie kletterte sofort auf Johns Schoß und streichelte sein Gesicht. Sie hatte ihren großen Bruder sehr vermisst. John konnte seine Tränen nicht zurückhalten. Die Anspannung der letzten Wochen, all das Neue, das Sehnen nach seinen Schwestern – all dies brach in diesem Moment über ihn ein. Als die Mädchen sahen, dass John weinte, weinten sie auch los.

Nachher warf John sich vor, geweint zu haben. Er war doch der große Bruder! Warum hatte er sich nicht beherrschen können? Doch es war passiert. Nach einigen Stunden wurden Greta und Annie von ihren neuen Eltern abgeholt. Zum Abschied gab Annie John einen Kuss auf die Wange.

John war einerseits froh, seine Schwestern mal wieder gesehen zu haben. Doch die kurze Freude wich der Traurigkeit. Er fühlte sich so furchtbar einsam in dem Heim. Ein Tag hatte für ihn viel mehr als 24 Stunden. Von früher kannte er es, dass er öfters mit seinem Vater und später auch mit seinem Onkel rausfahren durfte. Er vermisste die Natur, das Fischen, seine Schwestern, sein Zuhause! John musste sich an so viel Neues gewöhnen und das fiel ihm schwer! Depressive Gedanken wollten manchmal Überhand nehmen. Warum waren seine Eltern gestorben? Seine Schwestern hatten wenigstens ein neues Zuhause bekommen. Aber er war hier in diesem Heim. Hatte es denn überhaupt einen Sinn, so zu leben?

Als Hein und Lena Hiebert ihn zum ersten Mal im Heim besuchten, hatte John sich bereits etwas eingelebt. Doch als seine Onkel und Tante sich dann von ihm verabschieden wollten, da überkam ihm wieder ganz das Heimweh. „Kann ich bitte mit euch mitfahren?", fragte er in weinendem Ton. „Ich möchte so gerne wieder bei euch sein!" Doch das ging natürlich nicht. Mit verweinten Augen schaute er seine Lieben hinterher. Auch sie hatten verweinte Augen. Für sie war es auch sehr schwer, John hier zu lassen. Aber sie blieben dabei, dass es das Beste für ihn war.

Trotz schwerer Gedanken und zu Zeiten auch großes Selbstmitleid vergaß John nie, des Abends zu beten. Das hatte ihm seine Mutter gelehrt, daran hielt er fest. Er betete darum, dass seine Schwestern ihren neuen Eltern gute Kinder sein konnten und dass sie gemeinsam viel Zeit verbringen könnten. Er betete um Kraft und bat um bessere, leichtere Zeiten.

V.

John war nun schon mehr als ein Jahr im Heim. Viel hatte er in dieser Zeit schon gelernt. Oft dachte er dankbar an seine Tante Lena, die darauf bestanden hatte, dass John es lernte sich selber anzuziehen. In seiner Erinnerung sah er sich oft vor Wut tobend auf dem Bett liegen. Wie hatte er sich über sie geärgert, dass sie ihm nicht half. Nun war er so froh darüber, dass er sich alleine anziehen konnte; dass niemand vom Personal ihm dabei helfen musste. Auch hatte er gelernt, alleine zur Toilette zu fahren und sich zu baden. Er wurde immer selbstständiger. Das gab ihm ein gutes Gefühl.

An vieles hatte er sich gewöhnt, an manches nicht. Besonders schwer war für ihn, dass er den ganzen Tag über mit den vielen geistig Behinderten zubringen musste. So gerne hätte er eine andere Beschäftigung. Doch was konnte er machen?

Sein großer Traum war es, irgendwann die Schule zu besuchen. Und er wollte so gerne lernen, mit dem Computer umzugehen. Von diesem Traum erzählte er einem entfernten Verwandten aus Kanada, der ihn im Heim besuchte. Wem sein Besucher von Johns Wunsch erzählt hat, hat John nie erfahren. Aber nicht lange nach seinem Besuch kam der Heimvater zu ihm und sagte: „Wir haben gehört, dass du gerne in die Schule gehen möchtest, John." Mit hoffnungsvollen Augen schaute John seinen Heimvater an und nickte unverkennbar. Dieser fuhr nach einer kurzen Pause fort: „Wir haben mit der Alvaro Obregón Schule gesprochen. Sie ist hier ganz in der Nähe. Die Direktion ist bereit, dich in ihrer Schule aufzunehmen. Sie werden es mit dir versuchen." Der Heimvater klopfte ihm freundschaftlich auf die Schulter und verließ Johns Zimmer.

Dieser saß da und verarbeitete die Nachricht. Was hatte man ihm gerade erzählt? Er durfte in die Schule? Wenn das seine Mutter gehört hätte! So sehr hatte sie sich immer gewünscht, dass John wie ein normales Kind in die Schule dürfe. Und wie enttäuscht war sie stets gewesen, dass es nicht möglich gewesen war. Bisher nicht, jetzt ja! John freute sich wie ein kleines Kind. Und wieder einmal fragte er sich, ob seine Mutter im Himmel ein Engel sei und sich nun von Herzen mit ihm freute.

❧

Am Abend vor dem ersten Schultag konnte John nicht einschlafen. Er freute sich riesig! Einerseits war die Erwartung groß, Neues dazuzulernen. Und auch die Freude darüber, mit normalen Kindern und Jugendlichen Kontakt zu haben, ließ ihm das Herz höher schlagen. Andererseits war er aber auch gespannt und fragte sich: „Wie wird es werden? Werden sie mich annehmen, wie ich bin? Werde ich Freunde finden? Wie werden die Lehrer zu mir sein? Wird die Schule so eingerichtet sein, dass ich mit meinem Rollstuhl überall hinfahren kann?"

Auf der einen Seite die Freude über den erneuten Wechsel in seinem Leben, auf der anderen Seite die Angst vor dem Neuen. Irgendwann war John von all den Gedanken so müde, dass er einschlief. Doch auch in seinen Träumen beschäftigte er sich mit der Schule.

Am nächsten Morgen war er hellwach. Das Frühstück wollte nicht so recht herunter rutschen. Irgendwie steckte ein dicker Kloß im Hals.

Der Heimvater brachte ihn zur Schule. Als sie auf den Schulhof fuhren, beobachtete John aufgeregt das rege Treiben auf dem

Schulhof. So viele Kinder und Jugendliche auf einem Platz hatte er noch nur selten gesehen. Hier also würde er zur Schule gehen!

Beim Eintreten in das Schulhaus wurden alle willkommen geheißen, und zwar in drei verschiedenen Sprachen. „Willkommen – bienvenido – welcome!" John konnte diesen Willkommensgruß nicht lesen. Und auch wenn er hätte lesen können, wäre er wahrscheinlich nur dran vorbeigefahren. Er war furchtbar aufgeregt. Noch nie war er an einer solchen Schule gewesen. Alles war ihm fremd – die Lehrer, die Schüler, die Einrichtungen. Und er konnte nicht lesen und nicht schreiben. Er würde sich vielen Herausforderungen stellen müssen.

Doch auch für die Lehrer und Schüler begann ein neuer Abschnitt. Sie hatten noch nie einen gehbehinderten Schüler an der Schule gehabt. Vieles würde es zu lernen geben.

Am Abend dieses aufregenden Tages ließ John den ganzen Vormittag noch einmal in seiner Erinnerung ablaufen. Er war freundlich aufgenommen worden, sowohl von den Lehrern als auch von den Klassenkameraden. Man hatte ihn in die 6. Klasse gesteckt. Vom Alter her wäre er schon mindestens in der 10. Klasse. Doch da er weder lesen noch schreiben konnte, konnte er unmöglich da eingestuft werden. Auch in der 6. Klasse kam er mit dem Stoff nicht mit. Aber die Möglichkeit, etwas dazu zulernen, war hier größer.

In der Pause hatten die Schüler sich auf dem Schulhof um ihn versammelt. Auch wenn es bei den meisten nur aus reiner Neugier gewesen war, so hatte John es von Herzen genossen. Es war eine Weile her, da er mit Freunden etwas unternommen hatte. In der Zeit, wo er im Heim war, wohl gar nicht mehr. Heute mit so vielen normalen Kindern Kontakt zu haben, hatte seiner Seele gut getan. Und das Erfreuliche war, dass er morgen, übermorgen und auch in den nächsten Wochen und Monaten zur Schule durfte. John war glücklich. Er war begeistert und freute sich darauf, viel Neues dazuzulernen!

In den ersten Wochen hatte John Spaß gehabt, dem ganzen Unterrichtsgeschehen zu folgen und zu beobachten, wie der Lehrer und auch die Schüler sich in gewissen Situationen verhielten. Doch mit der Zeit war es ermüdend und auch nicht mehr so interessant.

Schon bald ließ der Spaß in der Schule deutlich nach. John konnte zwar etwas rechnen, doch im Rechenunterricht fielen viele Begriffe, die ihm total fremd waren. Von Brüchen hatte er noch nie etwas gehört. Es war ihm auch nicht logisch, warum die Schüler von sieben Achteln oder drei Vierteln sprachen. So gut er konnte folgte er dem Unterricht, aber es fiel ihm schwer. Immerhin war Rechnen das einzige Fach, wo er etwas verstand.

John war immer der Meinung gewesen, dass er Spanisch sprechen könne. Im Geschäft von seinem Onkel Jakob Hiebert hatte er viel Zeit verbracht. Er hatte nicht nur viel Spanisch sprechen gehört, sondern auch selber gesprochen. Doch jetzt im Unterricht musste er feststellen, dass sein Spanisch doch auf sehr niedrigem Niveau war. Es gab viele Wörter, die John gar nicht verstand. So sehr er sich auch anstrengte, in der Regel konnte John dem Unterricht nicht folgen.

Die Lehrer hatten oft für ihn Extra-Aufgaben vorbereitet. Diese waren wohl meistens auf dem Niveau der 1. Klasse. Aber viel mehr Zeit konnten sie ihm auch nicht widmen; immerhin musste der Stoff mit den anderen Schülern auch durchgearbeitet werden.

In der Regel saß John also als passiver Zuschauer im Klassenraum. Anfangs machte es ihm nicht viel aus. Doch mit der Zeit fragte er sich: Ist dies wirklich alles, was ich in der Schule leisten kann? Reicht mir die Gemeinschaft mit anderen Kindern oder kann ich von mir selber noch mehr erwarten?

Er wollte auf keinen Fall undankbar erscheinen. Sehr dankbar war er für die Gelegenheit, die die Alvaro Obregón Schule ihm eingeräumt hatte. Die Lehrer bemühten sich wirklich sehr um ihn. Dies überraschte John! Er nahm viel auf, begann auch mit der Zeit, Fragen zu stellen, wenn er etwas besser verstehen wollte. Doch wirklich folgen konnte er dem Unterricht nicht, weil ihm eben das Grundlegende fehlte: Das Lesen und Schreiben.

※

Es war an einem Sonntagmorgen in der Blumenau-Gemeinde. Beim Eintritt der Gottesdienstbesucher waren Informationsblätter verteilt worden, die sogenannten *Boletines*. Eduardo Heide, ein junger und erfolgreicher Unternehmer, saß mit seiner Frau in den vorderen Reihen und lehnte sich gemütlich in der Bank zurück. Bis zum Gottesdienstbeginn fehlten noch etwa zehn Minuten. Er hatte also noch Zeit genug, sich die Informationen in diesem Blatt durchzulesen.

Es schien das Übliche zu sein; Programme während der ganzen Woche. An einigen von ihnen würde er auch beteiligt sein. So einiges gab es noch zu tun in nächster Zeit. Eduardo wollte das Blatt schon wieder weglegen, da stieß er auf eine Information, die ihn etwas stutzen ließ. Es wurde eine Person gesucht, die einem gewissen John Hiebert, der im Hoffnungsheim wohnte, das Lesen und Schreiben beibringen konnte. Wer war dieser John? Eduardo konnte sich nicht erinnern, je von ihm gehört zu haben. Der Chor begann zu singen. Eduardo legte das Blatt weg und konzentrierte sich auf den Gottesdienst.

Nach dem Gottesdienst schaute Eduardo noch einmal auf die Anzeige im *Boletín*. Warum ließ sie ihn nicht los? Warum beschäftigte er sich so sehr damit, dass es da in diesem Heim einen Jungen gab, der gerne lesen und schreiben lernen wollte? Er kannte weder das Heim noch den Jungen. Und es war ja auch nicht so, dass er noch Beschäftigung bräuchte. Er hatte genug zu tun: Sein Geschäft, seine Aufgaben in der Gemeinde und seine kleine Familie nahmen seine Zeit voll in Anspruch.

Doch diese Anzeige ließ ihn nicht in Ruhe!

※

John saß in seinem Zimmer. Es war freitagnachmittags und er war gerade aus der Schule zurück ins Heim gebracht worden. Er war noch am Überlegen, was er als Nächstes tun würde, da klopfte es an seine Zimmertür. Wer konnte das sein? Schon seit langem hatte er keinen Besuch mehr gehabt. Greta und Annie kamen nur höchst selten zu ihm ins Heim. Manchmal fragte er sich, ob seine Schwestern sich wohl mit ihm schämten. Für sie war es bestimmt nicht einfach, einen gehbehinderten Bruder zu haben. Und jetzt wohnte er noch in einem Heim für Behinderte! Sie hatten wahrlich keinen Grund, auf ihren Bruder stolz zu sein. Er ging stark davon aus, dass sie sich mit ihm schämten; irgendeinen Grund musste es ja haben, dass sie ihn so selten besuchen kamen.

Doch Greta und Annie waren es dieses Mal wieder nicht. Nein, es war ein fremder Mann. Auf Ende 20 schätzte John ihn. John hatte ihn noch nie gesehen. Man sah es ihm an, dass er sportlich aktiv war. „Hallo, ich bin Eduardo. Ich möchte dir das Lesen beibringen." Dieser Mann strahlte so eine Selbstsicherheit aus, dass John vom ersten Moment an ganz verunsichert war. Was wollte er? Ihn das Lesen lehren? Ein fremder Mann? John wusste gar nicht, wie er reagieren sollte. Keiner hatte ihn informiert, dass jemand kommen würde. Er fuhr einfach an ihm vorbei durch die Tür hinaus und direkt zum Verwaltungsbüro der Heimdirektion.

„Hier ist ein Mann, der von Lesen lernen spricht. Wisst ihr, was das soll?", fragte er die Heimeltern. Noch bevor sie antworten konnten, fuhr John auch schon wieder zurück in sein Zimmer. Sein Gehirn überlegte fieberhaft. Was sollte er tun? Rausschicken konnte er diesen Mann nicht. Das gehörte sich nicht. Aber wie sollte er sich verhalten?

Eduardo stand immer noch in der Tür zu Johns Zimmer. John betrachtete ihn von oben bis unten. Er sah so vornehm aus, das machte die ganze Sache nur noch komplizierter. Immer wenn John vornehme Leute sah, wurde er noch unsicherer als er es ohnehin schon war. „Dieser Mann kommt bestimmt nur zu mir, weil er etwas Gutes tun will, um sich einen guten Namen zu machen", dachte John im Stillen bei sich. „Warum sollte er sich sonst für mich interessieren? Er kennt mich doch gar nicht." Weiter dachte er, dass es doch eine Schande war, dass er als 17-Jähriger noch nicht lesen konnte. Das waren die Gedanken, die John durch den Kopf schossen, während er immer noch fieberhaft überlegte, wie er diese ganze Sache einordnen und wie er reagieren sollte.

Doch Eduardo hatte nicht vor zu gehen und John wollte ihn nicht wegschicken. So kam es zur ersten Unterrichtsstunde in Johns Zimmer. Nachdem sie sich einige Minuten lang angeschaut hatten, setzte Eduardo sich irgendwann neben John, holte ein kleines Büchlein aus der Tasche und sagte zu John: „Wollen mal sehen, was du schon kannst." John antwortete prompt: „Nichts kann ich." Und das war auch so.

Eduardo stellte in den ersten Minuten fest, dass es sich hier wirklich um einen kompletten Analphabeten handelte. Vor ihm saß ein großer Junge, der weder lesen noch buchstabieren konnte. Er kannte nicht einmal die einzelnen Buchstaben. Da Eduardo selber kein Pädagoge war und auch keine Ahnung hatte, wie man jemandem das Lesen beibringen konnte, musste er selber sehr kreativ sein. Als erstes lehrte er John einzelne Buchstaben. Nach einer Stunde etwa sagte er zu John: „So, das reicht für heute. Nächsten Freitag machen wir weiter." Damit verabschiedete er sich. Ohne zu fragen, ob John überhaupt Lesen lernen wollte, setzte er gleich den nächsten Termin fest. So schnell, wie er gekommen war, so schnell verschwand er auch wieder.

Das war der Anfang einer Etappe, die grundlegend wurde für Johns weiteres Leben. Es war außerdem der Anfang einer Beziehung, die sein Leben bereichern und total verändern sollte. Es war der Anfang einer ganz ungewöhnlichen und speziellen Freundschaft zwischen zwei Männern.

൙

Eduardo hatte sich die Anzeige im *Boletín* zu Herzen genommen. Nach seinem ersten Besuch bei John war ihm klar, dass dieser Junge dringend Hilfe bräuchte. Wie wollte er sein Leben meistern, ohne lesen zu können? Er brauchte das, dringend! Denn John war, das hatte Eduardo schnell festgestellt, ein cleveres Köpfchen. Dass er Hilfe brauchte, um seine Wäsche zu waschen, sein Zimmer zu putzen oder aber für die Ernährung, das ließ Eduardo noch mal dahin gestellt. Aber ansonsten gehörte dieser John Hiebert nicht in ein Heim für geistig Behinderte. Aus ihm konnte man viel herausholen. Er musste nur entsprechend gefördert werden.

Wöchentlich nahm Eduardo sich Zeit für John. Mindestens eine Stunde am Freitag verbrachte er im nächsten Jahr mit ihm. Zuerst lernten sie alle Buchstaben, dann einzelne Silben und danach ganze Wörter. Als John erst Silben lesen und zusammenstellen konnte, dann gingen sie über zu kurzen Texten. Eduardo und John hatten sich darauf geeinigt, dass John Spanisch lesen lernen würde. Diese Sprache würde er im Leben mehr brauchen als die Deutsche.

Nachdem sie schon längere Zeit miteinander Lesen geübt hatten, brachte Eduardo eines Freitags ein kleines Büchlein mit. „Das", und er zeigte John das Büchlein, „werden wir zusammen durchlesen." John muss ihn wohl mit großen Augen angeschaut haben, denn Eduardo klopfte ihm auf die Schultern und sagte: „Komm schon, das schaffen wir locker!" So sicher war John sich dessen nicht. Ihm erschien dies wie eine Mammutaufgabe. Er schaffte schon einige Wörter – aber ein ganzes Büchlein?

Nach dieser Stunde, wo er mit Eduardos Hilfe fast eine Seite geschafft hatte, war John total erschöpft. „Bis zum nächsten Mal liest du bitte bis Seite 9, John", sagte Eduardo beim Verabschieden. „Das schaffst du! Du wirst merken, es geht immer schneller mit dem Lesen."

In den nächsten Tagen strengte John sich sehr an. Nachmittags nach dem Unterricht hielt er sich eine Zeit reserviert, in der er seine Leseübungen machte. Doch es kostete ihm unbeschreiblich viel Kraft und vor allem auch Geduld. Irgendwann kam er auf so eine großartige Idee, die er auch sofort in die Tat umsetzte.

Eine der Frauen, die im Heim arbeiteten, konnte gut lesen. Mit ihr machte er einen Vertrag, dass sie ihm vorlesen würde. John hatte ein sehr gutes Gedächtnis. Er hörte aufmerksam zu und war deshalb nächsten Freitag im Stande, Eduardo die Geschichte bis ins kleinste Detail zu erzählen. Doch nicht nur John war clever. Eduardo merkte sofort, dass hier etwas nicht stimmen konnte. Er ließ sich die Geschichte von John erzählen, schaute ihn dann an und fragte mit einem Schmunzeln: „Hast du jemanden gefunden, der dir vorliest?"

Ertappt. John wusste im ersten Moment nicht, wie er reagieren sollte. Sollte er sich ärgern, dass Eduardo ihn erwischt hatte? Sich schämen? Entmutigt sein? Noch während er die verschiedenen Möglichkeiten abwog, schaute er in Eduardos Gesicht. Dieser schaute ihn freundlich an, in seinen Augen war ein Schmunzeln zu sehen. Da entschied John sich für die beste aller Möglichkeiten: Er lächelte zurück. In diesem Moment schien etwas von dem Eis zu brechen, das zwischen ihnen noch gewesen war.

Sie vereinbarten, dass John selber lesen würde. Und wenn er anstatt der acht Seiten nur drei schaffte, war es in Ordnung. Hauptsache, John las selber!

Und das tat er! Manchmal schaffte er viele Wörter an einem Tag. An anderen Tagen wiederum fuhren die Buchstaben vor seinen Augen Karussell. Diese zu einem Wort zu ordnen, fiel ihm an diesen Tagen sehr schwer.

Eduardo wurde mit John nie ungeduldig. Nie schimpfte er, wenn John in einer Woche mal nicht viel gelesen hatte. Immer wieder fand er Mut machende Worte für den manchmal schon fast entmutigten John.

Sie waren etwa drei Monate am Lesen lernen, als Eduardo bei einer Lesestunde zu John sagte: „John, wir haben schon hart gearbeitet. Du hast hart gearbeitet! Heute möchte ich mal sehen, wie viele Wörter du in einer Minute lesen kannst." John gab sein Bestes und schaffte sieben Wörter in 60 Sekunden. Er selber wusste, dass das recht wenig war. Aber Eduardo fand auch jetzt lobende Worte. „Toll, John! Das ist eine Belohnung wert! Ich lade dich ein und wir fahren gemeinsam *Camarones* essen." Dass *Camarones* zu Johns absoluten Lieblingsgerichten gehörten, hatte Eduardo schon mitgekriegt.

Die *Camarones* waren total lecker. Aber viel mehr als die Einladung zum Essen bewegte John Eduardos Verhalten. Dieser Unternehmer, der es absolut nicht nötig hatte, kümmerte sich um ihn. Er nahm sich jede Woche Zeit für ihn. An diesem Tag nahm er sich eines fest vor: „Wenn Eduardo sich so anstrengt, um mir zu helfen, dann werde ich mein Bestes geben! Dann will ich so sehr arbeiten, dass er auf mich stolz sein kann!"

John hatte seinen ersten Eindruck von Eduardo schnell geändert. An diesem besagten Tag, wo Eduardo zum ersten Mal durch seine Tür trat, hatte er gedacht, dass dieser Mann sich nur Punkte sammeln wolle für soziales Engagement und seinen guten Ruf. Einen anderen Grund konnte er sich für Eduardos Kommen nicht vorstellen.

Doch John merkte sehr schnell, dass Eduardo es absolut nicht um gutes Ansehen oder gute Taten ging. Er kam nicht, weil er irgendjemand beeindrucken wollte. Das hatte er nicht nötig. Eduardo kam, weil er John helfen wollte. John fühlte sich von Eduardo geliebt und trotz seiner Gehbehinderung angenommen. John fühlte, dass hinter Eduardos Motivation mehr steckte. Später hat er erkannt, dass es Eduardos Glaube an Gott und seine Liebe zu seinen Mitmenschen waren, die ihn trieben.

৩৯০

John lernte das Lesen, Schritt für Schritt. An manchen Tagen war er mutig mit seinen Fortschritten. Über Weihnachten fuhr Eduardo mit seiner Familie in Ferien. Die Lesestunden am Freitag fielen aus. Doch John übte fleißig. Die Motivation, Eduardo mit seinen Fortschritten zu überraschen, war groß. Als Eduardo nach drei Wochen wiederkam, fragte er John erstaunt: „Wer hat mit dir Lesen geübt?" Mit strahlenden Augen antwortete John: „Ich selber!"

John entdeckte immer mehr die Freude am Lesen. Er war selber erstaunt, welche Vorteile man hatte, wenn man lesen konnte. In der Schule konnte er schon etwas besser folgen, aber es war noch nicht genug, um den Unterrichtsstoff wirklich bewältigen zu können. „Ich muss weitermachen, noch besser werden!", sagte er sich oft. „Dann werde ich eines Tages auch die Examen ablegen können, die die anderen Schüler schreiben." So spornte er sich selber an.

Im Großen und Ganzen war John sehr mutig. Das Leben im Heim war viel erträglicher, wenn er tagsüber in der Schule war. Doch um seine Schwestern machte er sich große Sorgen. Er sah sie nur selten, und wenn er sie sah, dann machten sie einen traurigen Eindruck. Wenn John nachhackte, erhielt er keine konkreten Antworten. Aber er hatte den Eindruck, dass es seinen Lieben bei ihren neuen Eltern nicht gut ging. Sie schienen sehr unglücklich zu sein. Es fehlte ihnen wohl das Wichtigste, was Kinder in ihrem Alter erhalten müssen: Die Liebe. Durch einige Bemerkungen, die Greta fallen gelassen hatte, hatte sie zu verstehen gegeben, dass sie sich nicht geliebt fühlten. Das tat John sehr weh. Und er fragte sich, wie er ihnen helfen konnte.

John war mittlerweile schon drei volle Jahre in der Schule. Er hatte viele Freunde. Von Anfang an hatte er sich nicht nur von den Lehrern, sondern auch von seinen Klassenkameraden angenommen gefühlt.

Sein Lieblingsfach war Geschichte. Es interessierte ihn sehr zu wissen, welche Männer wann in Mexiko Präsident gewesen waren und was sie alles für ihr Land getan hatten. Auch Rechnen gehörte zu den Fächern, wo er mit Begeisterung mitmachte. Was ihm ganz und gar nicht zusagte, war das Fach Deutsch. Die ganzen Grammatik- und Rechtschreibregeln wollten nicht in seinen Kopf. Dieses Fach fiel ihm ganz besonders schwer.

Ein weiteres Fach, das ihm Schwierigkeiten bereitete, war selbstverständlich der Sportunterricht. Da wurde ihm die Note einfach gestrichen. Der Sportlehrer zog ihn allerdings mit rein, wo er nur konnte. Wenn Volleyball gespielt wurde, dann war John dafür verantwortlich, die Punkte zu zählen. So bemühten die Lehrer sich, ihn in den verschiedensten kleinen Bereichen mit hinein zu ziehen.

Die Schule war anfangs überhaupt nicht eingerichtet gewesen für Rollstühle. Doch von der Direktion aus war man sehr darum bemüht, dass die Einrichtungen verbessert wurden. Neben der großen Eingangstür zum Schulhaus war speziell für John ein Parkplatz eingerichtet worden. Und auch die Toiletten wurden so eingerichtet, dass John sie problemlos alleine benutzen konnte. Wieder einmal war er seiner Tante dankbar, die damals so hart mit ihm verfahren war, dass er selbstständiger werden sollte. Nicht auszudenken, wenn er immer noch jemanden bräuchte, der ihn überall begleiten müsste!

※

John verstand sich mit allen Lehrern gut. Mit einem jedoch hatte er eine ganz besondere Beziehung. Das war Profe Jorge. Dieser Lehrer hatte für John ein ganz besonders großes Herz. Und was John am meisten mochte, dass Profe Jorge zu ihm genauso streng war wie zu allen anderen Schülern. Nur weil John im Rollstuhl saß, erhielt er keine extra Behandlung. Des Öfteren ließ John sich von seinen Mitschülern überreden, irgendwelchen Blödsinn zu machen. Sie sagten ruhig mal zu ihm: „Mach du das John", wenn sie irgendeinen Streich aushecken. „Mit dir schimpfen die Lehrer nicht." Doch bei Profe Jorge kamen sie damit nicht durch. Bei einer Gelegenheit schickte er John sogar aus dem Klassenzimmer raus, zur Strafe. Das tat John gut! Er wurde behandelt, wie ein ganz normaler Schüler! Kein Mitleid, keine Aussagen wie „John ist halt anders", sondern klare Grenzen, wie bei allen anderen auch. Deshalb war Profe Jorge sein absoluter Lieblingslehrer!

※

Es war ganz am Anfang der 9. Klasse. Profe Jorge verteilte Prüfungsblätter. Auch auf Johns Tisch landete ein Blatt. Erstaunt blickte John erst das Blatt, dann seinen Lehrer an. Was sollte das? Er hatte noch nie ein Examen mitgeschrieben. Er war zwar schon in der 9. Klasse, aber er war leistungsmäßig immer nur mitgezogen worden. Profe Jorge verteilte die Examen weiter und reagierte dann auf Johns erstaunte Reaktion. „Ich habe noch nie eine Prüfung mitgeschrieben, Profe Jorge!", sagte John. Bisher hatte er nicht genug lesen und schreiben können. Er hatte sich schon sehr gebessert, das wusste John. Aber war es genug? „Ich denke, du schaffst es schon, John. Zumindest diesen Teil B", und dabei zeigte er auf die Mehrfachwahlaufgaben im Examen, „die kannst du ohne weitere Probleme ausfüllen."

John war zuerst erstaunt, dann furchtbar aufgeregt. War er schon soweit? So ohne viel Vorwarnung und extra Vorbereitung? Würde er irgendwann soweit sein? Er fühlte sich noch sehr unsicher. Wieder schaute er seinen Lehrer an. Dieser tat so, als ob es das Normalste auf der Welt sei, wenn John ein Examen ablegen würde. John schaute in die Klasse. Alle waren fleißig am Schreiben.

„Ok", dachte John bei sich. „Wenn Profe Jorge mir das zutraut, dann muss ich es auf jeden Fall versuchen." Er schaute sich den Teil B der Prüfung an. Er kannte diesen Typ von Aufgaben. Es gab eine Frage und dazu drei Antworten. Eine davon war richtig, die musste markiert werden. John strengte sich an. Zeitlich war er ungefähr mit den anderen zugleich fertig.

Gespannt wartete er auf das Resultat. Als Profe Jorge in der nächsten Stunde die Examen zurückgab, strahlte er John an. „Du hast deinen Teil gut gemacht, John! Mach weiter so!" John war überglücklich. Obzwar es nur ein kleiner Teil vom gesamten Examen war, so hatte er diesen doch richtig gemacht. Das war ein Erfolgserlebnis für den Lehrer, aber vor allem auch für John.

Das war der Anfang gewesen. Ab dann verlangte Profe Jorge jedes Mal, dass John mitschrieb. John sah jedes Examen als eine große Herausforderung an. Manches verstand er nicht und war einfach nicht im Stande, es auszufüllen. Manchmal war er verwirrt. Aber über allem stand das große Gefühl, einer von vielen zu sein – ein ganz normaler Schüler!

Und eines Tages bestand er dann das erste gesamte Examen mit einer durchschnittlich guten Note. Das Gefühl der Freude war so gut, dass John es mit Worten gar nicht hätte beschreiben können. Profe Jorge erzählte seinen Kollegen davon im Lehrerzimmer. Ab diesem Tag legten auch die anderen Lehrer John die Examen vor.

John zeigte mehr Anstrengung als irgendjemand anderer. Er gab sein Bestes, und das war gerade genug, um die 3. Klasse der Sekundaria zu bestehen. Mit seiner eigenen Leistung hatte er das neunte Schuljahr bestanden!

Wem hatte er das zu verdanken? In erster Linie natürlich Gott! Aber auch einer ganzen Reihe von Personen hatten zu diesem Erfolg beigetragen. Eduardo hatte unermüdlich und mit einer unbeschreiblichen Geduld mit ihm lesen gelernt. Es gab einige Männer, deren Namen er nicht wusste, die sein Schulgeld bezahlt hatten. Gerne hätte John gewusst, wer ihn so großzügig unterstützte, doch man hatte ihm gesagt: „Das Einzige, was diese Männer wollen, ist, dass du dein Bestes gibst. Dann zahlen sie dein Schulgeld gerne."

Und das hatte John getan. Hätte er nicht seine größte Anstrengung geleistet, wären die Mühen und der gute Wille der anderen Beteiligten umsonst gewesen. John hatte sich immer wieder selber Mut gemacht, nicht aufzugeben. Als er erst einmal richtig lesen konnte, hatte er gemerkt, wie viel die Schule ihm wirklich brachte. Seine Einstellung zu vielem hatte sich total geändert. Viele Dinge, die ihm bisher als unmöglich erschienen waren, wurden plötzlich möglich! Und in ihm wuchs das Verlangen, immer mehr wissen zu wollen.

Aber die Mühen aller wären umsonst gewesen, wenn nicht die Schule sich bereit erklärt hätte, ihn als Schüler aufzunehmen. In einer anderen Welt gehörte es vielleicht zu etwas Selbstverständlichem, dass auch Gehbehinderte an der Schule angenommen wurden. In ihrer Gesellschaft war es noch nicht selbstverständlich. John war der erste gewesen, der als Schüler im Rollstuhl war.

✧

Der Unterricht in der Alvaro Obregón Schule begann stets um 8 Uhr und endete frühestens kurz nach 14 Uhr. An manchen Tagen blieben die Schüler auch länger. Deshalb brachte jeder Schüler sich von zu Hause sein Mittagessen mit.

Schon bald zu Anfang des ersten Schuljahres hatte eine Klassenkameradin John einmal Mittag gebracht. John hatte sie erstaunt angeschaut. Warum brachte Eva Harms ihm Mittag? Diese hatte ihm nur gesagt: „Meine Schwägerin schickt es dir." John hatte die warme Mahlzeit dankend entgegen genommen und es sich schmecken lassen. Ihm war die Abwechslung zu seiner sonst kalten Brotzeit willkommen gewesen. Als sich dies jedoch wiederholte, versuchte er Einspruch zu erheben. „Das ist wirklich nicht nötig, dass deine Schwägerin sich so große Mühe gibt, Eva!" Doch diese bestand darauf und irgendwann wurde es für John eine Selbstverständlichkeit.

Maria Harms hatte von Eva erfahren, dass in ihrer Klasse ein neuer Schüler sei, der im Rollstuhl säße und der keine Eltern mehr habe. Dieser esse meist ein kaltes Pizzastück zu Mittag. Da hatte sie sich so gedacht, dass es für sie doch eine Kleinigkeit wäre, für diesen Jungen zu kochen. Das hat diese Frau dann während Johns gesamter Schulzeit getan. Mit einer kurzen Unterbrechung, wo sie nicht im Land war, brachte sie John dreimal wöchentlich eine warme Mahlzeit. Für John war die Mahlzeit stärkend, aber viel stärkender war, zu wissen, dass jemand an ihn dachte und es gut mit ihm meinte!

✥

John träumte viel. Er träumte unter anderem auch von einer Arbeitsstelle. Er war zwar in der Schule ausgelastet, aber immer noch fast den ganzen Nachmittag über im Heim. Gerne hätte er eine Arbeit gehabt! Es gab zwar im Heim auch immer Arbeit für ihn. Die Bewohner des Heimes wurden durch verschiedene Arbeiten beschäftigt gehalten. Doch John wünschte sich eine Arbeitsstelle außerhalb des Hauses. Vor allem ging es ihm auch darum, selber etwas Geld zu verdienen. Doch wieder stand da wie so oft die große Frage im Raum: Wer gibt einem Menschen, der von seinem Rollstuhl abhängig ist und dadurch in gewisser Hinsicht auch etwas begrenzt ist, Arbeit? In Situationen wie diese wollten die Minderwertigkeitsgefühle bei John leicht die Überhand nehmen.

Irgendwann traute John sich, Eduardo davon anzusprechen. „Hast du in deinem Betrieb nicht Arbeit für mich?", fragte er seinen Freund. Dieser kam zwar nicht mehr jede Woche zum Lesen, denn John hatte solche Fortschritte gemacht, dass es nicht mehr nötig war. Aber ihre Beziehung erhielten sie aufrecht. Regelmäßig besuchte Eduardo John oder er holte ihn ab. „Lass mich mal sehen, was ich machen kann, John", versicherte Eduardo ihm. „Ich spreche mit meinem Vater und meinen Geschwistern." Eduardo war Juniorpartner im Betrieb und konnte solche Entscheidungen nicht alleine treffen.

Nicht lange danach erhielt John die erfreuliche Nachricht: „Wir haben Arbeit für dich, John! Du kannst bei uns anfangen." John war hocherfreut.

Nicht ganz so erfreut war die Heimleitung, dass John ohne ihr Wissen und ihre Zustimmung nach Arbeit gesucht hatte. Es gäbe ja genug Arbeit im Heim und sein Onkel bezahle doch seinen ganzen Unterhalt. Wozu er denn Geld brauche. Der Heimvater verstand wohl nicht, dass Geld verdienen bei John nicht an erster Stelle stand. Es war eher das Gefühl, dass Arbeit zum Leben eines normalen Menschen gehört. Es war das Gefühl, selbstständiger zu sein. Da Johns Onkel Jakob, der verantwortliche Ansprechpartner, sich darüber freute, dass John Arbeit gefunden hatte, stimmte die Heimleitung zu. John stand also nichts mehr im Wege, seine Arbeit anzutreten.

Die ersten Tage holte Eduardo ihn persönlich bei der Schule ab und brachte ihn nach 18 Uhr zurück ins Heim. Später wurde der Transport von den Mitarbeitern übernommen. Johns Arbeit bestand darin, Schrauben, Nägel und allerhand verschiedene Baumaterialien in Tüten zu füllen, diese fest zu verschließen und sie mit einem Markenaufkleber der Firma zu versehen.

Die Mitarbeiter nahmen John herzlich auf und bemühten sich darum, dass er sich schnell einleben konnte. Bald schon hatte John unter ihnen viele Freunde gefunden. Da er gut Spanisch sprach, gab es daher keine Probleme, denn viele der Mitarbeiter waren einheimische Mexikaner. John hatte schon als Kind bei seinem Vater gelernt, dass man zwischen Deutsch und Spanisch Sprechenden keinen Unterschied machte. Bei ihm gab es keine Rassenunterschiede.

Mit der Zeit merkte John immer mehr, was für ein vielbeschäftigter Mann Eduardo war. Und immer mehr staunte er darüber, dass sich so ein engagierter Geschäftsmann um ihn kümmerte, ja, sich überhaupt für ihn interessierte. Was bewegte Eduardo, ihm zu helfen? Erst hatte er ihm das Lesen beigebracht und jetzt Arbeit gegeben.

Aber das Allerwichtigste war für John, dass er sich bei ihm ganz angenommen fühlte. Er hatte nie das Gefühl, dass Eduardo sich aus Pflichtgefühl um ihn kümmerte. Es musste etwas mit dem großen Gott zu tun haben, von dem in der Schule auch immer gesprochen wurde. Seine Mutter hatte ihm von Gott erzählt und ihm auch das Beten gelehrt. Doch irgendetwas in seiner Beziehung zu Gott fehlte ihm noch, das merkte John. Und er ahnte, dass Eduardo und auch viele in seiner Schule dieses Etwas schon gefunden hatten.

⁂

Nach Abschluss der dritten Sekundarklasse machte John mit seiner Ausbildung weiter. Es fehlten ihm immerhin noch die 10. bis zur 12. Klasse. Hier in Mexiko nannte man diese Stufe *Preparatoria* und abgekürzt einfach *Prepa*. Hier wurde schon noch mehr gefordert und John fragte sich, ob er diesen Abschluss überhaupt schaffen könne.

Eduardo machte ihm Mut. „Das schaffst du! Du hast schon so viel geschafft in den letzten Jahren." Auch Maestra Sonia, die Direktorin, spornte ihn an, weiterzumachen. „Du hast in den letzten Jahren so große Fortschritte gemacht, John. Du musst weitermachen!", sagte sie zu ihm.

Also machte John weiter. Er merkte immer bewusster, was es für ihn bedeutete, wenn Menschen an ihn glaubten. Was es doch für ein Unterschied war, wenn man ihm etwas zutraute, anstatt zu sagen: „Vergiss es. Du bist im Rollstuhl. Das schaffst du nicht." Auch solche Aussagen hörte er zwischendurch.

Sein Lieblingsfach in der *Prepa* war „Crédito y Cobranza". Hier lernten sie, wie man ein Geschäft führen kann, ohne rote Zahlen zu schreiben, und auch wie man Geld ausborgt und es wieder zurückerhält. In diesen Stunden lebte John so richtig auf. Und je mehr er in der Schule lernte, desto mehr wagte er sich, wieder seinen Traum zu träumen, den er als Kind geträumt hatte: Ein eigenes Geschäft zu haben! Würde er irgendwann soweit kommen?

Es gab Tage, da hätte John am liebsten das Handtuch geworfen. Da sah er die Herausforderungen, die vor ihm lagen, nur als riesig große Berge vor sich, die er als Gehbehinderter nicht erklimmen würde. Nie und nimmer! An solchen Tagen war ihm Maestra Sonia eine starke Stütze. Sie machte ihm immer wieder Mut. Sie verlangte von John nicht, dass er so gut wie seine Mitschüler war. Sondern sie verlangte, dass er sein Bestes gab! Nur das war gut genug! Folgenden Spruch bekam John oft von ihr zu hören: „Wer etwas versucht und versagt, ist kein Verlierer. Nur der, der nichts versucht, ist ein Verlierer."

Darin steckte eine große Wahrheit, das wusste John. Und trotzdem gab es Momente, da hatte er keine Lust mehr zu versuchen und wieder zu scheitern. Glücklicherweise hatten die Lehrer, und besonders auch Maestra Sonia, eine unglaubliche Geduld mit ihm. Nach Gesprächen mit ihr fühlte sich John in der Regel ganz aufgepäppelt. Mit ihren freundlichen Augen sah sie ihn oft an und sagte: „John, du bist hier. Du kannst hier nicht weg, du kannst nicht zurück. Du musst weitermachen!" Das war ein hartes Wort, aber genau das brauchte John manchmal.

John war voll beschäftigt. Vormittags in der Schule, nachmittags im Geschäft. Und am Abend saß er dann noch bis spät in die Nacht an seinen Hausaufgaben. Diese Aufgaben waren für sein Bestehen notwendig. Sie retteten ihn oft, denn mit ihnen konnte er seine Noten aufbessern.

Ein großes Problem, das John durch seine ganze Schulzeit begleitete, war seine fehlende Motorik. Das Schreiben fiel ihm sehr schwer. Während der Stunde bemühte er sich, Notizen zu machen. Doch meistens schaffte er nicht viel. Seine Hände waren zu steif; jedes Wort kostete ihn viel Zeit. Die Lehrer hatten ihm erlaubt, dass er sich von seinen Kameraden die Notizen ausborgen dürfe, um diese dann zu Hause weiter abzuschreiben. Denn das Material brauchte er, um später für die Prüfungen lernen zu können. Nur im allerletzten Fall durfte er es kopieren.

So kam es, dass John am Abend oft stundenlang an seinem Schreibtisch saß und schrieb. Immer wieder gab es Momente, wo er am liebsten den Stift weggeworfen und sich anderswie beschäftigt hätte. Doch dann schallten in seinem Kopf die Sätze wider, die er schon so oft gehört hatte: „Du kannst nicht aufgeben, du musst weitermachen. Nur das Beste ist gut genug." Und dabei sah er stets Maestra Sonias freundliches Gesicht vor sich.

John liebte es zu reisen. Er war noch nicht viel unterwegs gewesen, aber an die wenigen Male dachte er sehr gerne zurück. An einen Ausflug, den sie als Familie gemacht hatten, dachte er besonders gerne zurück. Ihr Vater war mit ihnen zum Strand in Campeche gefahren. Dort hatten sie eine schöne Zeit miteinander verbracht.

Ein weiteres besonderes Erlebnis war die Studienreise, die sie nach der Sekundarstufe, also nach Beendigung der 9. Klasse, nach Mexiko City gemacht hatten. Diese Reise gehörte ins Schulprogramm. Eine Woche lang waren sie als Abschlussklasse in der Hauptstadt ihres Landes gewesen und hatten alle möglichen Sehenswürdigkeiten der Stadt gesehen. Noch oft schwelgte John in Erinnerung an diese schönen Tage zurück.

Und nun konnte er sich wieder auf eine Reise freuen. Zum Studienprogramm der *Prepa* gehörte eine Studienreise nach Deutschland. Im letzten Schuljahr lernten alle Schüler das Land im fernen Europa kennen. John hatte davon schon gehört, aber nicht im Traum hatte er daran gedacht, dass er bei dieser Reise mitmachen würde. Als die Planungen für diese Reise konkret wurden, sagte er zu Maestra Sonia: „Ich kann aber nicht mit." „Und warum nicht?", kam die prompte Gegenfrage. „Du gehörst zu der Klasse. Wir werden Wege suchen und es möglich machen, dass du mitfliegst."

Maestra Sonias Ansicht flößte John wieder einmal mehr Vertrauen ein. Für sie war es so selbstverständlich, dass John im Rollstuhl überall mitmachen konnte. In anderen Worten, dass er trotz allem ein normales Leben führen konnte. Das tat ihm gut!

Die Klasse bereitete sich für die Reise vor. Jeder Schüler musste seine Reise selber finanzieren. Das machten die Eltern. Für John war die Reise schon bezahlt worden. Wieder einmal waren es unsichtbare Hände, die John dies auch finanziell ermöglichten.

Doch trotzdem wollte die Klasse auch selber etwas Geld verdienen. Jede Mutter backte etwas und die Schüler verkauften es in der Schule. Da es für John schwierig war, Gebäck mitzubringen, erhielt er eine andere Aufgabe. Er war für die Kasse verantwortlich. Mit der präzisesten Gründlichkeit sorgte er dafür, dass die Kasse stimmte. Oft hieß dies, sowohl Schüler als auch Lehrer mehrere Male daran zu erinnern, dass sie der Klasse noch Geld schuldeten. John war da sehr hart. Er fuhr so oft durch die Gänge der Schule, bis er das Geld hatte. Einer der Lehrer fragte ihn mal im Witz: „Machst du das bei allen so oder nur bei der Lehrern?" „Bei allen. Wer Schulden hat, muss sie bezahlen." Das war Johns Antwort darauf.

※

Die Reise wurde zu einem unvergesslichen Erlebnis. Drei Wochen Deutschland! Viele der großen Städte sahen sie: Frankfurt, Köln, Stuttgart, München und Berlin. Drei Wochen lang waren sie im Zug unterwegs, schliefen in Jugendherbergen und sahen vieles, wovon sie im Deutschunterricht gehört und gelesen hatten: Den Kölner Dom am Rhein, das Brandenburger Tor, den Regierungspalast der Bundeskanzlerin, das große Olympiastadion und noch vieles mehr. John nahm alles wie ein Schwamm in sich auf und ließ sich von dem deutschen Kulturgut berieseln.

Bei beinahe allen Aktivitäten konnte John mitmachen. In Stuttgart besuchte die Gruppe im Stadion ein Bundesliga-Fußballspiel. John hatte freien Eintritt und erhielt zusätzlich noch einen Ehrenplatz in der Loge. Von ganz in der Nähe konnte er dem Fußballspiel zuschauen. Er strahlte über das ganze Gesicht.

An einem Tag allerdings blieb John zurück. Die Schülergruppe wollte auf die Zugspitze, dem höchsten Berg Deutschlands. „Wir haben im Internet recherchiert, doch wir können leider nicht mit Bestimmtheit sagen, dass es Möglichkeiten für dich gibt, den Berg zu besteigen", erklärte Maestra Sonia ihm. Aus diesem Grund entschieden sie zusammen, dass John in dieser Zeit einen Zoologischen Garten besuchen würde. „Das ist auch sehr gut", tröstete John seine Lehrerin, der es echt schade war, ihren Schüler nicht mitnehmen zu können.

John erlebte diesen Tag alleine und hatte auch seinen Spaß mit all den Tieren im Zoo. Die Gruppe erfuhr unterdessen, dass sie John problemlos hätte mitnehmen können. Die Seilbahn und alles Nötige, um den Berg zu besteigen, waren so eingerichtet, dass auch Personen im Rollstuhl mitmachen konnten. Doch der Tag war gelaufen und John hatte trotz allem einen schönen Tag gehabt.

Die Reise endete nach drei Wochen. Viel erlebt, viel gesehen, viel dazugelernt, viel Spaß gehabt – so würde John diese Zeit beschreiben. Er war den Personen, die ihm diese Reise ermöglicht hatten, unbeschreiblich dankbar!

Feierlich war der Saal der Schule geschmückt. Für 15 junge Menschen war es heute ein ganz besonderer Tag. Sie schlossen ihre Schulausbildung in der Alvaro Obregón Schule ab. Nach 14 Jahren erhielten sie den Titel, der ihnen die Türen für die Arbeitswelt oder für ein weiteres Studium öffnete.

Auch John war unter den glänzenden Absolventen. Wer seine Geschichte etwas kannte, dem stiegen die Tränen in die Augen, als er auf der Bühne zur Direktorin fuhr, um sein Diplom entgegen zu nehmen. Wie viele Stunden harte Arbeit, wie viel Anstrengung, wie viel Willenskraft und wie viele Mut zusprechende Worte nötig waren, um diesen Moment zu erreichen, das wusste nur jemand, der diesen heldenhaften jungen Mann in den letzten Jahren begleitet hatte.

In den Reihen saßen viele Personen, die sich ganz besonders mit John freuten. Greta und Annie waren erschienen und winkten ihm zu. Eduardo blickte erfreut und mit gesundem Stolz auf seinen Schützling. Alle Lehrer, die John in seiner Schulzeit unterrichtet hatten, freuten sich mit ihm, dass er es geschafft hatte. Maestra

Sonia fasste die Zeit mit John in einigen Worten zusammen: „John hat uns viel gelehrt. Wir haben gelernt, die Welt aus einer ganz anderen Perspektive, mit anderen Augen zu sehen." Viele Erfahrungen, die sie mit ihm gemacht hatten, sollten den Grundstein gelegt haben für gehbehinderte Schüler, die später in die Schule kamen.

Aber am allerglücklichsten war wohl John selber. Nie aufgeben, das war sein Motto gewesen. Immer weiter machen! Und dieses Motto sollte auch in seinem weiteren Leben Priorität sein. Das nahm John sich in diesem Moment vor!

VI.

Doch sein Vorhaben wurde schon bald nach seiner Graduation hart auf die Probe gestellt. Jeder Mensch hat ein Ziel in seinem Leben. Meistens werden diese Ziele begleitet von lieben Menschen. Für sie will man diese unbedingt erreichen. Für John waren diese Menschen seine Schwestern. Er hatte hart gearbeitet, um dahin zu kommen, wo er war; natürlich für sich selbst, aber auch für Greta und Annie, seine beiden Schwestern.

Sie waren seine Familie, die einzige, die er hatte. Sehr viel Zeit verbrachten sie nicht miteinander. Seine Schwestern mussten ihren Pflegeeltern viel helfen, und irgendwie hatte John auch das Gefühl, dass die Eltern es nicht gerne sahen, wenn Greta und Annie ihn besuchten. Auch wusste er mittlerweile mit Bestimmtheit, dass seine Schwestern es bei den neuen Eltern nicht gut hatten. Sie wohnten zwar in einem Heim, wo es finanziell an nichts mangelte. Doch es fehlte Ihnen das Wichtigste im Leben: Die Liebe.

John wurde ganz traurig, wenn er daran dachte, dass es seinen einzigen zwei Schwestern nicht gut ging. So gerne würde er etwas tun, das ihnen helfen könnte. Anfangs hatte er sich selber oft bemitleidet. Er musste in ein Pflegeheim und seine Schwestern durften in eine richtige Familie. Doch mit den Jahren hatte er schon gemerkt, dass er nicht wirklich den Kürzeren gezogen hatte.

Nun saß er eines Tages kurz nach der Graduationsfeier in seinem Zimmer, als jemand an die Tür klopfte. Es war die jetzige Mutter seiner Schwestern. Sie grüßte kurz und kam dann mit dem Grund ihres Kommens heraus: „Annie ist krank, John. Sie hat Krebs." Sie habe sich schon längere Zeit sehr müde und nicht gut gefühlt. Sie sei dünn und blass geworden, sagte die Mutter. „Wir waren nun schon bei drei verschiedenen Ärzten, und alle bestätigen, dass Annie an Krebs erkrankt ist."

John saß fassungslos da. Die Dimensionen des Wortes „Krebs" konnte er nicht richtig erfassen. Er hatte zwar schon davon gehört, aber wusste nicht, wie schlimm diese Krankheit wirklich war. Doch allein schon die Worte „krank" und „Annie" in einem Satz zusammen zu hören, schnürte ihm die Luft ab. „Meine liebe Annie", dachte er nur. „Armes Mädchen." Seine Schwester war immer so ein mutiges Mädchen, das konnte doch nicht sein, dass sie krank war.

„Wir werden gleich eine Behandlung beginnen, damit Annie geholfen werden kann", sagte die Mutter zum Abschied. John bedankte sich bei ihr und schickte Grüße mit für die Schwestern.

Lange noch nachdem die Tür ins Schloss gefallen war, saß John regungslos in seinem Rollstuhl. Er brauchte etwas Zeit, diese Nachricht zu verdauen. Ein wenig beruhigte ihn die Tatsache, dass Annies Eltern viel Geld hatten. „Sie werden sie behandeln lassen und alles wird gut", so versuchte er sich Trost zuzusprechen.

In die Stadt *Chihuahua*, der Hauptstaat des Staates Chihuahua, fuhr man mit der 10-jährigen Annie zur Behandlung. Die erste Therapie, die Annie durchmachte, war die Tropftherapie. Die Medikamente wurden mittels Infusion direkt in die Venen geführt. Doch Annies kleiner zierlicher Körper reagierte sehr schlecht auf die Behandlung. Ihre Kräfte verließen sie und es ging immer weiter runter mit ihr. Nach der jeweiligen Behandlung hatte sie nicht einmal genug Kraft, um auf Toilette zu gehen.

Manchmal blieb Annie bis zu vier Wochen am Stück im Krankenhaus. John fuhr sie zwischendurch besuchen. Da die Tropftherapie nicht entsprechend anschlug, musste Annie sich auch noch einer Strahlentherapie unterziehen. „Bei dieser Behandlung sollen die bösartigen Zellen des Krebses abgetötet werden", erklärte einer der Ärzte John. „Leider werden dabei auch immer gesunde Zellen geschädigt. Die Nebenwirkungen sind meistens ziemlich markant."

Dass eine der Nebenwirkungen der Strahlentherapie der Haarausfall war, merkte John bei einem Besuch im Krankenhaus. Annies Haar war total ausgefallen. John erschrak bei ihrem Anblick. Sie sah auch noch so blass und müde aus, dass er am liebsten geweint hätte, als er sie sah. Gewohnheitsmäßig stellte John ihr dann auch noch die total überflüssige Frage: „Wie geht's dir, Liebes?" Annie schaute ihn mit ihren strahlenden Augen an und antwortete: „Schon viel besser. Ich denke, ich bin bald wieder auf den Beinen und komme nach Hause." Jeder der im Raum war, wusste, dass dies nicht der Wahrheit entsprach.

Annie war ein tapferes Mädchen. Man hörte sie nie klagen. Immer hatte sie noch ein freundliches Wort für ihre Mitmenschen und schaffte es, ein Lächeln auf ihr blasses Gesicht zu zaubern. Der Lebensmut dieses Teenagers war erstaunlich!

Einmal war John wieder nach *Chihuahua* gebracht worden, um seine Schwester zu besuchen. Ihr Anblick mit dem kahlen Kopf und den hohlen Augen war jedoch so fürchterlich und sie erschien ihm so traurig, dass John die Tränen in die Augen stiegen. Er konnte sich nicht beherrschen, er musste weinen. Weil er nicht vor Annie weinen wollte, fuhr er schnell wieder aus dem Zimmer raus. „Was tatst du?", fragte sie ihn, als er nach einer Weile zurückkam. „Ach, ich fuhr nur eine Runde", versuchte John ihr etwas vorzutäuschen. Doch Annie war nicht nur tapfer, sie war zudem noch sehr clever. Ihr konnte man nichts vormachen. „Du hast geweint, John, gib es zu." Einen Augenblick lang schauten die Geschwister sich in die Augen. Dann sagte Annie: „Du sollst wegen mir doch nicht weinen, John!"

Annie liebte Barbies. In der Hinsicht war sie wohl ein ganz gewöhnliches Mädchen. Einmal erzählte sie John, dass sie sich von

Herzen eine ganz bestimmte Barbie wünsche. „So eine Nixe, weißt du", sagte sie zu John. „Oben ist es ein Mädchen und der Unterkörper ist ein Fisch. So wie eine Meeresjungfrau, weißt du was ich meine?", fragte sie ihn.

John glaubte, schon mal so etwas gesehen zu haben. „Niemand weiß, wie viele Wünsche ich meiner kleinen Annie noch erfüllen kann", dachte er im Stillen bei sich. Er machte sich deshalb auf die Suche nach dieser bestimmten Barbie. In einem großen Geschäft fand er tatsächlich das gesuchte Spielzeug. Als er sie an der Kasse bezahlte, hörte er, wie ein kleines mexikanisches Mädchen zu seiner Mutter sagte: „Schau mal, Mama, dieser große Junge dort kauft eine Barbie." Es muss wohl sehr komisch ausgesehen haben.

Schön verpackt brachte er Annie bei seinem nächsten Besuch die Barbie. Sie freute sich sehr, doch ihre Kraft reichte beinahe nicht aus, um die Packung aufzupacken. „Komm, ich helfe dir dabei, Annie", sagte John zu ihr. Doch sie weigerte sich, Hilfe anzunehmen. „Ich schaff das schon, John." Als sie nach einigen Minuten die Barbie in ihren Händen hielt, strahlten ihre Augen. Sie rief Greta leise zu: „Schau mal, Greta. So eine Barbie habe ich mir schon immer gewünscht!" Und an ihren Bruder gewandt sagte sie: „Ich habe die Barbie sehr gern, aber dich habe ich noch viel lieber, John!" John war ganz gerührt über diese Worte. Er würde sie immer in seinem Herzen bewahren.

Während Annie krank war, fiel es John sehr schwer, sich auf seine Arbeit zu konzentrieren. Er versuchte sein Bestes, aber immer wieder ertappte er sich dabei, dass er mit seinen Gedanken bei der kleinen Annie war.

Annie kam auch immer inzwischen mal nach Hause. Sobald sie eine Phase der Therapie beendet hatte, durfte sie einige Wochen zu Hause bleiben. Wenn sie es von ihrer Kraft her irgendwie schaffte, ging sie zur Schule. Sie war wissbegierig und sie liebte die Gemeinschaft mit anderen Kindern. Sie hatte viele Freunde. Kinder, die eher am Rand waren und die nicht viele Freunde hatten, schenkte sie besonders viel von ihrer Aufmerksamkeit.

Einmal kam sie auf den Schulhof. Sie hatte gerade bei der Behandlung ihre Haare verloren. Einer von den Kindern machte sich lustig über sie. „Annie, du siehst ja wie ein kahlköpfiger Junge aus", rief er ihr zu. Diese Bemerkung war ganz bestimmt nicht schlimm gemeint. Wie Kinder halt oft sind und unüberlegt sprechen. Und obwohl Annie sich verletzt gefühlt hatte, war kein Ärger in ihrer Stimme zu hören, als sie John von dieser Begebenheit erzählte.

༺༻

Schon fast ein Jahr war vergangen, seit bei Annie die Diagnose Krebs gefallen war. Viele schwere Momente hatte John zusammen mit ihr, aber auch alleine erlebt. Doch in diesen schweren Zeiten gab es auch immer wieder positive, Mut machende Erlebnisse.

John hoffte und betete, dass Annie gesund werden möge. Doch die Ärzte gaben nicht große Aussichten auf Besserung. Deshalb nahm John sich jedes Mal neu vor, die Zeit mit Annie so gut wie möglich zu genießen, für jede Minute dankbar zu sein!

Wenn John zu Annie ins Zimmer kam, begrüßte sie ihn meist mit demselben Satz: „John, ich freue mich so sehr, dass du gekommen bist." An manchen Tagen war sie so schwach, dass sie ihren Kopf nicht aus dem Kissen hoch heben konnte. Trotzdem fand sie immer noch freundliche Worte für ihre Besucher und auch für die Ärzte und das Krankenhauspersonal. Bei einer Gelegenheit sagte einer der Pfleger zu John: „Deine Schwester ist unser bester Patient." Solch ein gutes Zeugnis von seiner Schwester zu hören, war für John viel mehr wert als alles andere. Es gab ihm Mut, seiner Schwester bis zu den letzten Stunden treu beizustehen.

Als Annie am 1. Juni 2012 starb, waren sowohl John als auch Greta bei ihr. Die letzten Stunden waren sehr schwer für Annie. Sie hatte furchtbare Schmerzen und bekam fast nicht Luft. Letztendlich erstickte sie.

Für die beiden Geschwister war es fast unerträglich, ihre liebe Schwester so leiden zu sehen. Annie war bis zum letzten Moment ganz klar, aber sprechen konnte sie in den letzten Stunden nicht mehr. Als sie starb, hielt der große Bruder, der sie ihr Leben lang verehrt hatte, ihre Hand. Sie hörte es nicht, aber John betete die ganze Zeit: „Lieber Herr Jesus, rette doch die kleine Annie. Bitte, Herr Jesus!" „Sie fehlt mir jetzt schon so sehr", dachte er im Stillen.

Und auch an seine Schwester Greta dachte er in diesem schweren Moment. Sie hatte neulich zu ihm gesagt: „Wenn Annie stirbt, weiß ich nicht, wie mein Leben weiter gehen soll." Er hatte gewusst, dass sie sich auf die konfliktive Situation im Elternhaus bezog. Was würde aus ihr werden? Wie sollte sie es ohne Annie aushalten? Die zwei waren unzertrennlich gewesen.

Annie atmete ihre letzten Atemzüge. Nach einem lauten Ausatmen wich das Leben aus ihrem kleinen Körper. John und Greta saßen neben ihr und weinten sich den Schmerz von der Seele. Einige Minuten lang waren sie für sich alleine. Ihre Schwester war nun beim lieben Gott. „Wir haben nun noch einen Engel mehr im Himmel", dachte John. „Sie ist jetzt bei unseren Eltern und Brüdern", versuchte John seine Schwester zu trösten. Diese schluchzte wieder laut los. John umarmte sie.

Von der Familie von Johann und Maria Hiebert waren nun noch zwei Personen am Leben – John und Greta. Sie klammerten sich aneinander, als bestünde die Gefahr, dass man sie auch noch auseinander reißen könnte.

Nachdem die Geschwister einige Minuten so dagesessen und sich still von Annie verabschiedet hatten, trat der verantwortliche Arzt für Annie mit seinem Team ins Zimmer. Er musste sie einmal untersuchen und ihren Tod bestätigen. Nachdem er seine Papiere ausgefüllt und unterschrieben hatte, schaute er John und Greta an und sagte: „Jetzt ist das Engelchen da, wo es hingehört." Auch ihm standen Tränen in den Augen. „Denn das war sie hier für uns im Krankenhaus: Ein kleiner Engel. Ihr kleines Gesicht war wie ein

Sonnenschein, der die Räume erhellte. Trotz ihres Leidens hatte sie immer noch gute Worte für uns." Diese Lobesworte über ihre liebe Schwester taten den Geschwistern gut.

„Überall hat unsere kleine Annie einen guten Eindruck hinterlassen", dachte John, „auch bei mir. In ihrem kurzen Leben habe ich von ihr mehr über Liebe und Geduld gelernt, als mir irgendeine andere Person im ganzen langen Leben hätte lehren können."

Traurig und übermüde von den Ereignissen der letzten Tage wurde John zurück ins Heim gebracht. Am nächsten Tag wartete er vergeblich darauf, dass man ihn zum Singen holte. „Man wird doch bestimmt für Annie auch singen, wie bei den Eltern damals", dachte er ständig. Das war eine Tradition, die man in ihrer Gemeinschaft immer noch pflegte. Doch niemand meldete sich. Irgendwann hielt John es nicht mehr aus und rief im Hause von Annies Pflegeeltern an. „Werdet ihr für Annie denn gar nicht singen?", fragte er. „Oh ja, das haben wir schon", war die kurze Antwort. Mehr war nicht zu sagen. Enttäuscht und verletzt legte John das Telefon weg. Es tat ihm unheimlich weh, dass seine liebe kleine Annie durch Gesang verabschiedet worden war und er dazu nicht einmal eingeladen wurde. Er musste nun neben seiner Trauer auch noch mit dieser Verletzung klar kommen.

༺☙༻

Die Beerdigungsfeier fand drei Tage später statt. Das Koloniehaus war für diesen Zweck hergerichtet worden, weil man mit der Anwesenheit von vielen Menschen rechnete. John und Greta saßen nebeneinander am Sarg. Wieder einmal. Beinahe elf Jahre war es her, da sie zwischen den Särgen ihrer Eltern saßen. Und wieder dachte John an die Aussage seiner Mutter: „Gott macht keine Fehler, John!"

Auf der Abschiedskarte, die an die Besucher verteilt wurde, sah man Annies fröhliches Gesicht und ein kurzes Gedicht, dass sie selber geschrieben hatte.

> Ich vertraue auf Gott, weil er mich rettet, wo ich bin.
> Gott lässt mich nie alleine, wo immer ich auch bin, ist er bei mir und rettet mich.
> Wenn du auf Gott vertraust, dann kommst du in den Himmel hinein.
> Wie schön wird der Himmel doch sein.
> Dort mit allen Engeln.

Wann Annie dieses Gedicht geschrieben hatte, wusste John nicht. Aber er war sich sicher, dass sie dabei an ihre Eltern gedacht hatte, an die sie sich gar nicht mehr erinnern konnte, die sie aber schmerzlich vermisst hatte.

John dachte an die Träume, die Annie gehabt hatte und über die sie gerne gesprochen hatte. „Wenn ich 15 Jahre alt werde, da werde ich ein großes Fest feiern", hatte sie einmal gesagt und dabei noch von einem lila Kleid geschwärmt, das sie anziehen würde. Und wie Mädchen so sind, hatte sie auch bis ins Detail beschrieben, wie dieses Kleid aussehen sollte. Außerdem war es ihr großer Wunsch gewesen, Medizin zu studieren und dann beim Roten Kreuz als Ärztin zu arbeiten. „Ich will vielen Leuten helfen", hatte sie immer gesagt, wenn sie von diesem Traum gesprochen hatte.

All diese Träume würden nie in Erfüllung gehen. Annie hatte ihr Leben hier auf der Erde zu Ende gelebt. Sie würde keine Schmerzen mehr haben. John wusste, dass sie es jetzt besser hatte, aber das Loch, das sie in seinem und in Gretas Leben hinterlassen würde, würde nur schwer zu füllen sein. Annie würde überall Lücken hinterlassen.

Eine innere Stimme erinnerte John jedoch daran, dass es auch jetzt nur ein Vorwärts gab. Er musste weitermachen, nicht aufgeben! Und diese Einstellung wollte er auch Greta vermitteln. Für sie würde es zum Teil noch schwerer werden, weil sie immer mit Annie zusammen gelebt hatte. Bisher hatten die beiden sich immer noch aneinander geklammert. Greta war nun alleine.

VII.

Auch aus dieser schweren Phase kam John wieder raus. Er würde Annie immer vermissen. An ihren Geburtstagen und an ihrem Todestag würde es immer besonders schwer werden. Er würde auch nicht behaupten, dass der Schmerz leichter wurde, zumindest noch nicht. Aber er lernte, mit diesem Schmerz zu leben.

Glücklicherweise hatte er seine Arbeit. Zumindest am Tag wurde er somit abgelenkt. Und er hatte viele Freunde auf seiner Arbeitsstelle. Sie schafften es, John wieder öfters zum Lachen zu bringen.

Die Arbeit war für ihn nicht nur eine Beschäftigung, sondern viel mehr. Die Arbeit vermittelte ihm Selbstvertrauen, das Gefühl ein ganz normaler Mensch zu sein. Viele Dinge, die ihm jahrelang als unmöglich erreichbar schienen, waren es nicht mehr. Und John begann wieder, seinen Traum aus der Kindheit weiter zu träumen. Damals, als er als Zehnjähriger viel Zeit im Geschäft seines Onkels verbracht hatte, da war der Traum in ihm erwacht: „Eines Tages möchte ich auch ein eigenes Geschäft haben", hatte er seiner Mutter anvertraut.

Dieser Traum war nach dem Tod der Eltern in so unendliche Ferne gerückt, dass er an eine Erfüllung gar nicht mehr gedacht hatte. Aber durch die Arbeit und besonders durch Eduardo, hatte er wieder zu träumen angefangen. Er hatte in den letzten Jahren so viel erreicht, dass er zuversichtlich war und weiter träumte.

Des Öfteren hatte er in seinem Leben schon gehört: „Warum willst du so viel, John? Du kannst nicht gehen. Schlag es dir aus dem Kopf!" Diese Einstellung hatte ihn über die Jahre geprägt. „Das schaffe ich sowieso nicht", hatte er oft gedacht, wenn er von etwas geträumt hatte.

Durch Eduardo hatte er gelernt, anders zu denken. Sein Freund hatte ihm immer wieder Mut gemacht und gesagt: „Wenn du es möchtest, dann probiere es. Solange du es nicht probiert hast, kannst du nicht sagen, dass du es nicht schaffst." Die Tatsache, dass

John nicht gehen konnte, war für Eduardo kein Hindernis, sich seine Träume und Wünsche nicht zu erfüllen.

❦

Nach der *Prepa* hatte John angefangen, vollzeitig zu arbeiten. Er war froh, dass er Arbeit hatte. Aber irgendwie erfüllte sie ihn nicht mehr so ganz. Seine Arbeit bestand immer noch darin, Baumaterialien in kleine Tüten zu verpacken. Gerne hätte er mal andere Arbeiten übernommen. Sein Traum war es, irgendwann Büroarbeit zu tun. Am Computer sitzen, das stellte er sich sehr interessant vor.

Einige sagten zu ihm, wenn er davon sprach: „John, sei einfach froh und zufrieden, dass dir jemand Arbeit gibt. Beanstande nicht mehr." Doch seine innere Stimme machte ihm Mut: „Versuch es wenigstens!"

Bei einer Gelegenheit fragte er Eduardo mal einfach: „Du sag mal, Eduardo. Früher sagtest du mal, dass ich durchaus auch irgendwann im Büro arbeiten könnte. Wie ist es damit? Wann bin ich soweit?" Eduardo schaute ihn an und sagte dann in seiner ruhigen Art, wie er immer zu sprechen pflegte: „John, du sagst immer, dass du irgendwann dein eigenes Geschäft haben möchtest. Das ist wunderbar! Aber dann musst du ganz unten anfangen; du musst alle Arbeiten kennen lernen."

John nickte. Das leuchtete ihm ein. Trotzdem hätte er den Prozess schon gerne etwas beschleunigt.

❦

Schwer wurde John ums Herz, wenn er seine Schwester Greta sah. Sie wurde immer blasser und dünner. Sie war nicht glücklich, das sah man ihr an. Er versuchte sie immer wieder anzuspornen, ihr Mut zu machen.

Doch etwas über ein Jahr nach Annies Tod brach Greta zusammen. Sie fühlte sich unglücklich, nicht geliebt und war voller Minderwertigkeitskomplexe. Sie lebte in einem wunderschönen

Haus, aber sie fühlte sich nicht geschätzt. „Lieber wohne ich in einer kleinen Hütte mit jemanden der mich liebt", dachte sie manchmal.

Aus Verzweiflung lief sie von zu Hause weg, direkt zu Annies Grab. Da weinte sie sich ihren Schmerz von der Seele. „Warum bist du gestorben, Annie? Warum konnte ich nicht auch mit dir gehen? Ich kann nicht mehr." So sprach sie zu ihrer kleinen Schwester, die tief unten in der Erde lag. Da sie befürchtete, gefunden zu werden, lief sie weiter.

Als man sie am späten Nachmittag im Maisfeld fand, war sie ein kleines Häufchen Elend. Man brachte sie wieder zurück nach Hause. Doch da sie schon 18 Jahre alt war, entschied sie nach kurzer Zeit selber, das Haus zu verlassen, in dem sie jahrelang gewohnt hatte. Wohin sie gehen würde, wusste sie in diesem Moment noch nicht. Als erstes zurück nach *Las Virginias*. Sie war schon lange nicht da gewesen, wo sie die schöne Zeit mit ihren Eltern verbracht hatte. Da würde sie erst einmal hin und dann sehen, wie es weiterging.

❧❦

John wurde fast krank vor Sorge um seine Schwester. Er wünschte sich nichts sehnlicher als dass Greta von Herzen glücklich werden könnte. Täglich brachte er sie vor Gott ins Gebet. Seine Beziehung zu Gott hatte sich von Grund auf geändert. Gott war sein Freund geworden, jemand, mit dem er eine feste Beziehung aufgebaut hatte. Und seit er sein Leben mit ihm zusammen gestaltete, hatte er erlebt, dass wahre Lebensfreude nur von Gott gegeben werden kann. Er wünschte es sich so sehr, dass auch Greta dieses Gefühl kennen lernte.

„Gott, kümmere du dich bitte um Greta", hatte er gebetet. Und Gott hatte es gemacht. Er hatte ein etwas älteres Ehepaar dazu bewegt, Greta in ihrem Heim aufzunehmen. Peter und Anna Friesen aus der Swift Kolonie waren Eltern von sechs Kindern. Alle waren sie erwachsen und hatten schon eigene Kinder. Eine ihrer Töchter und eine Schwiegertochter waren mit Greta zusammen im Spanischkurs gewesen. Sie kannten Greta und auch ihre Geschichte etwas. Als diese nun zu Hause erzählten, dass Greta ein neues Heim brauche, sagte Frau Friesen: „Greta, wenn du möchtest, darfst du gerne zu uns ziehen. Wenn es dir gefällt, dann bleibst du. Und wenn nicht, dann hast du immer noch die Möglichkeit, anderswohin zu ziehen."

Greta war überrascht. Das Ehepaar kannte sie überhaupt nicht. Wie kam es, dass sie sie einfach so aufnehmen wollten? Sie sprach mit John über dieses Angebot und der stimmte gleich zu.

So wurde für Greta, und ohne dass sie es in dem Moment wussten auch für John, eine Tür geöffnet, die ihr ganzes Leben verändern sollte.

Als John Greta zum ersten Mal besuchte, fühlte er sich noch recht unsicher in dem neuen Heim. „Wenn sie sehen, dass ich nicht gehen kann, dann wollen sie mich bestimmt nicht oft bei sich haben." So dachte er. Immer wieder gab es Momente, da wollten Unsicherheit und Minderwertigkeit auch bei ihm noch Überhand nehmen.

Doch das erste Treffen mit Friesens fiel sehr gut aus. Greta war mutig. Sie fühlte sich geliebt und hatte schon viel Neues gelernt. Sowohl Frau als auch Herr Friesen waren sehr freundlich zu ihm.

Als John Frau Friesen fragte, wie es mit Greta so laufe, sagte sie: „Sehr gut. Es ist schön, sie bei uns zu haben." John atmete sichtlich auf. Diese Worte hatte er schon so lange hören wollen. Greta erhielt Liebe und Annahme, und was ihr besonders gut tat, ein richtiges Familienleben. Die Familie war groß. Friesens hatten schon zwanzig Enkel. Es schien eine sehr unkomplizierte, angenehme Familie zu sein.

Was John allerdings etwas schockierte war, dass Greta schon von Mama und Papa sprach. Das kam ihm etwas verfrüht vor. Sie war immerhin erst einige Wochen da. Doch das war ihre Entscheidung. Wenn es ihr half, dann sollte sie es von ihm aus tun.

Als John sich bei diesem ersten Besuch verabschiedete, sagte Frau Friesen zu ihm: „Wann immer du willst, darfst du Greta und uns besuchen. Du bist uns immer herzlich willkommen!" Das waren freundliche Worte und John fühlte, dass sie ehrlich gemeint waren.

❦

„John, ich habe eine neue Arbeit für dich", erklärte Eduardo John, als dieser ihm gegenübersaß. Mit einem Augenzwinkern verkündete er: „Du kriegst deinen Bürojob!" John war ganz aufgeregt. Lange hatte er auf diesen Moment gewartet, ihn oft in seiner Phantasie ablaufen lassen. Nun war es soweit: Er wurde befördert!

„Im Direktorium haben wir überlegt, wer die ganze Inventarkontrolle machen könnte. Die gesamte Ware muss ins Computersystem eingegeben werden; sowohl die, die ins Geschäft reinkommt als auch die, die rausgeht." Nach einer kurzen Pause, in der John ihn erwartungsvoll ansah, sprach Eduardo weiter: „Du wurdest für diese Arbeit vorgeschlagen, John! Wir haben gesehen, dass du deine Arbeit gewissenhaft verrichtest. Und wir trauen dir diese Herausforderung zu!" Eduardo schaute ihn freundlich an. John war ganz gerührt.

Am Abend dieses aufregenden Tages dankte er Gott für die neue Arbeit, aber ganz besonders dankte er dafür, dass Gott Eduardo in sein Leben geschickt hatte.

John hatte es sich von Herzen gewünscht, diese neue Arbeit. Doch er hatte sich nicht vorgestellt, dass sie so viel anspruchsvoller sein würde. Man traute ihm so viel Verantwortung zu. Würde er es schaffen? Überstieg es nicht doch etwas seine Leistungsgrenze? Es gab Tage, da meinte er es nicht zu schaffen. Eduardo machte ihm wieder Mut, weiter zu machen. Nicht aufzugeben.

Gleichzeitig aber, und das wusste John natürlich nicht, machte Eduardo dem Leiter dieser Abteilung Druck, John zu fördern, viel zu verlangen. Er wollte, dass John lernte, mit dem Druck fertig zu werden und seine Arbeit aufs Beste verrichtete. „Ich weiß, dass er es schafft", sagte er zum Abteilungsleiter. „Er hat die Fähigkeiten dazu."

So lernte John Schritt für Schritt die neuen Aufgaben kennen. Er bemühte sich sehr, auch wenn es immer noch Momente gab, wo er meinte, diese Arbeit wäre doch eine Nummer zu groß für ihn.

Weihnachten rückte näher. Johns Stimmung wurde betrübter. Das war normal bei ihm. Weihnachten wurde überall als das Fest der Familie gefeiert. Er hatte keine. Es hatte immer wieder mal Feiertage gegeben, da hatte ihn jemand geholt. Aber in der Regel blieb er allein und fühlte sich sehr einsam.

Dieses Jahr fragte er sich, ob er über Weihnachten vielleicht auch Zeit mit Greta verbringen würde. Bisher war es nicht möglich gewesen. Ein einziges Mal hatte er Greta und Annie an einem Feiertag besuchen dürfen. In einem Telefonat mit Greta fragte er sie: „Was denkst du, Greta. Werden wir über Weihnachten noch zusammen sein können?" „Aber ja", antwortete diese sogleich. „Mama sagte, du sollst für die gesamten Feiertage zu uns kommen. Du kannst hier übernachten."

John hatte sich noch nicht daran gewöhnt, dass Frau Friesen Gretas Mama war. Und noch mehr überraschte ihn jetzt diese Einladung. Sie hatten sich erst zweimal gesehen. Einige von den erwachsenen Kindern hatte er überhaupt noch nicht kennen gelernt. Sie waren für ihn fremd, und er war es für sie. Wollten sie ihn wirklich dabei haben? Weihnachten wurde doch in der Familie gefeiert!

Obwohl der Gedanke, einige Tage mit Greta zu verbringen sehr verlockend war, zögerte John noch. Wollten sie das wirklich oder fühlten sie sich nur verpflichtet, ihn auch einzuladen? Peter Friesen war so still gewesen, als John sie besucht hatte. Vielleicht mochte er ihn nicht. Zweifel stiegen in ihm hoch. Später hat John festgestellt, dass Vater Friesen einfach ein sehr stiller und zurückhaltender, aber eine herzensguter Mann ist. Das Sprechen übernimmt seine Frau für ihn.

Nach langem innerlichen Hin und Her nahm John die Einladung an. Am Heilig Abend holte Greta ihn zu sich nach Hause. Sie hatte in dieser kurzen Zeit bei Friesens schon Auto fahren gelernt. John war total zappelig vor Aufregung. Die ganze Familie würde er kennen lernen. Wie würden die Weihnachtstage ausfallen?

John erlebte eine Überraschung nach der anderen. Schon am Abend, als die ganze Familie zusammen trommelte, kam er aus dem Staunen nicht raus. Alle hatten ein Geschenk für ihn mit! Einige von ihnen hatten ihn noch nicht einmal gesehen, und sie beschenkten ihn. Sowohl die Kinder als auch Enkel behandelten John, als gehöre er zur Familie. „Willkommen hier, dies ist jetzt dein Zuhause." „Wir wollen gerne deine neue Familie sein." Aussagen wie diese hörte er.

Alles war so fremd und so anders, als er es kannte. So viele Personen auf einem Platz, und alle erzählten und lachten viel. John merkte bald, dass Spaß in dieser Familie nicht zu kurz kam. Das gefiel ihm, denn auch er liebte den Humor.

Doch gerade weil alles so neu war, wurde John in diesen Tagen sehr müde. Und noch etwas musste er mit Erschrecken feststellen: Er und Greta – sie beide kannten sich eigentlich überhaupt nicht mehr. John wusste nicht, was Greta gerne tat, welches ihre Lieblingsfarbe war und was sie am liebsten aß. Ebenso konnte Greta das von John auch nicht sagen. Sie hatten in den letzten Jahren einfach zu wenig Zeit miteinander verbracht. Und seit Annie krank geworden war, hatten ihre Gespräche sich meist nur um Annie gedreht und um Gretas Leben bei ihren Pflegeeltern.

Nun saßen die Geschwister zusammen und es mangelte an Gesprächsstoff. „Wir müssen uns wieder neu kennen lernen", sagte er zu Greta. „Hoffentlich haben wir ganz viel Zeit dafür."

John erlebte eine sehr fremde, aber eine sehr schöne Weihnachten. Dieses Gefühl, wieder eine Familie zu haben, tat John so gut. Zwölf Jahre nach dem Tode seiner Eltern erlebte er wieder, was es bedeutete, im Kreise einer Familie zu feiern. Worte fand John nicht, seine Gefühle darüber zu beschreiben.

Im folgenden Jahr kam John ziemlich viel bei Friesens. Er erlebte mit, wie Greta aufblühte und viel Neues lernte. Nachdem John in den letzten Jahren so viel Hürden überwunden hatte, hatte er auch immer wieder zu seinen Schwestern gesagt: „Ihr seid gesund und könnt alles schaffen, was ihr wollt. Ihr müsst es versuchen, nicht aufgeben!" Er wollte gerne, dass Greta auch mehr erreichte, sie war so verunsichert und wagte selten etwas.

Zum ersten Weihnachtsfest hatte sie von Friesens, ihren neuen Eltern, eine Nähmaschine bekommen. „Wir werden jetzt zusammen nähen. Ich zeig dir, wie es geht", hatte ihre Mutter zu ihr gesagt. Greta war sich so unsicher, noch nie hatte sie an einer Nähmaschine gesessen. „Ich glaub, das schaff ich nicht", hatte sie John leise anvertraut. „Du schaffst das Greta, das weiß ich."

Greta hatte sich getraut. „Hier hast du ein Stück Stoff, Greta. Daraus kannst du nähen, was du möchtest", hatte Frau Friesen zu ihr gesagt. „Und was, wenn ich es nicht schaffe? Wenn ich nichts Vernünftiges zu Stande bringe?", hatte Greta unsicher gefragt. „Ganz einfach: Dann kaufen wir neuen Stoff und versuchen weiter!" Wenn Frau Friesen etwas sagte, dann wusste man, dass es so gemeint war. Sie war eine Frau, die gerne sprach und sehr herzlich war.

Greta schaffte es! Als sie ihren Rock in den Händen hielt, rief sie John an und erzählte es ihm begeistert. „Siehst du, Greta", sagte er. „Man schafft vieles, man muss sich nur trauen. Ich bin stolz auf dich!"

Obwohl John nicht bei Friesens wohnte, wurde diese Familie immer mehr und mehr zu seiner Familie. Wohnen konnte er bei ihnen nicht, denn das Ehepaar war schon etwas älter und es fiel ihnen schwer, John aus dem Stuhl zu heben. Aber wann immer er wollte, durfte er sie oder auch die Familien der Kinder besuchen.

Er war schon längere Zeit bei ihnen gekommen und wusste immer noch nicht so recht, wie er Frau Friesen ansprechen sollte. Manchmal, wenn er sie ansprach, sagte er „Mumtje Friejische" oder einfach nur „Gretas Mama". Doch bei beiden Anreden fühlte er sich unwohl. Frau Friesen bot ihm deshalb an, dass er sie auch gerne

„Mama" rufen dürfe. Doch das wollte John nicht, es war ihm zu befremdend. So viele Jahre hatte er die Worte „Mama" und „Papa" nicht in den Mund genommen. Sie kamen einfach nicht über seine Lippen.

Eine weitere Sache, an die John sich noch schlecht gewöhnen konnte, waren die Umarmungen von Frau Friesen. Seit seine Mutter gestorben war, hatte ihn keine Frau mehr umarmt, außer seine Schwestern natürlich. Gretas Mama machte das aber. Sie drückte John herzlich an sich zur Begrüßung. Das tat John gut, war aber sehr fremd für ihn.

John wurde mit vielem konfrontiert, dass für andere junge Menschen ganz normal war. Er nahm alles wissbegierig auf und lernte dazu. Irgendwann kamen ihm auch die Worte „Mama" und „Papa" wieder über seine Lippen. Und bei den Umarmungen drückte er kräftig zurück.

Am Ende des Jahres 2014 machte John eine kurze Auswertung des Jahres. Das Jahr war so schnell und so gut verlaufen. Auf seiner Arbeitsstelle ging es ihm gut und er hatte eine neue Familie gefunden. So viel Gutes und Segensreiches war ihm widerfahren. John wollte gerne daran glauben, obwohl es ihm etwas schwer fiel, dass die nächsten Jahre auch so gut werden würden.

Er dankte Gott von ganzem Herzen dafür, dass es Greta gut ging, dass er eine Arbeit hatte, die ihn erfüllte, und dass er wieder zu einer Familie gehörte, wo er so wie er war, angenommen wurde.

Klar, es gab auch immer noch Probleme und Sorgen. Die würde es immer geben. Einen Satz allerdings sagte er gerne zu Greta: „Probleme wird es immer geben. Doch die Sonne geht unter, und wenn sie wieder aufgeht, kommt ein neuer Tag."

Nachwort

Es ist der 7. September 2015. John ist zum ersten Mal an den See zurückgekehrt, wo seine Eltern damals ertranken. Bisher hat er diesen Ort gemieden. Er war noch nicht soweit, sich mit den vielen

Erinnerungen zu konfrontieren. Viele Gedanken schießen durch seinen Kopf. Manche Erinnerungen, was den Unfall betrifft, sind etwas verblasst, weil er ja noch jung und auch nicht direkt am Unfall beteiligt war.

Sein Herz wird schwer. John braucht einige Minuten für sich alleine. Seine Begleiter räumen ihm diese ein. Er schaut auf den ruhigen See hinaus. Sein Herz wird schwer. Hier hat er seine Eltern verloren. So viel hat sich seit jenem tragischen Tag verändert. So viel Schweres, aber auch Gutes hat er erlebt. Seine Mutter hatte sich immer gewünscht, dass John sein Leben so normal wie möglich führen könnte. „Ich glaube, du wärst zufrieden, liebe Mama", sagt er leise zum See. Er hat eine Schulausbildung bekommen und er hat eine sichere Arbeit, die ihm Spaß macht. Er kann immer noch nicht gehen, aber ansonsten ist er ein selbstständiger junger Mann geworden.

Meine Eltern können mich nicht mehr sehen. Oder vielleicht doch? Beobachten sie mich als Engel? Angenommen, sie sehen mich, denkt John. Wären sie zufrieden mit mir? Wären sie froh darüber, zu welcher Person ich mich entwickelt habe? Seine Eltern haben ihm immer viel Liebe gezeigt. Sie haben ihn gelehrt, dass es sehr wichtig ist, seine Mitmenschen zu lieben. Johns größter Wunsch ist es, dass er diese Liebe an andere Menschen weitergeben kann, dass er seine Mitmenschen immer mit viel Liebe behandeln könnte.

Seine Mutter hat ihm gesagt: „Gott macht keine Fehler." So oft hat John diesen Satz in Frage gestellt. Auch heute noch hat er mit diesem Satz so seine Probleme. Doch eines weiß er ganz genau: Gottes Wege sind nicht immer leicht, aber immer die richtigen! Gott hat ihn lieb und hat sich in allen schweren und leichteren Situationen um ihn gekümmert.

John hat viele Träume. Er träumt weiter von einem eigenen Geschäft und von einer eigenen kleinen Wohnung. Er träumt weiter davon, ein selbstständiges Leben führen zu können und wirtschaftlich erfolgreich zu werden. Aber es gibt einen Traum, der ihm am allerwichtigsten ist: Er möchte mit seiner Geschichte andere Menschen erreichen, ihnen die Augen öffnen für das größte

Geschenk, das Gott dem Menschen geben kann: Eine Familie und die Liebe und der gegenseitige Respekt in der Familie.

Und er möchte allen Menschen, die in irgendeiner Art und Weise begrenzt leben, zurufen: Gebt niemals auf! Lasst nichts unversucht, was ihr euch erwünscht oder erbittet. Ihr schafft viel mehr, als andere und ihr selber euch oft zutraut. Gebt nicht auf! Kämpft weiter!

© **Beate Penner**
Kolonie Friesland - 2015
E-Mail: *beate.penner82@gmail.com*

John Hiebert
Kolonie Manitoba
E-Mail: *john.hiebert@mdn.com.mx*

Anhang

Johann und Maria Hiebert in Campeche am Strand.

John mit seinen Eltern und seiner kleinen Schwester Greta im Krankenhaus in Kansas, Januar 1995.

In diesem Heim am Corredor in der Manitoba Kolonie wohnt John seit dem Jahre 2003.

Johns Klasse der Sekundarstufe. Abschlussjahr 2007.

John mit Annie (links) und Greta (rechts) auf seiner Abschlussfeier der Sekundaria.

Johns Abschlussklasse der Prepa. Abschlussjahr 2010.

John mit Greta und Annie.

John auf seiner Graduation.

John liebt Hüte. Diese Hüte schenkte er seinen Schwestern.

John und Greta halten fest zusammen. September 2015.

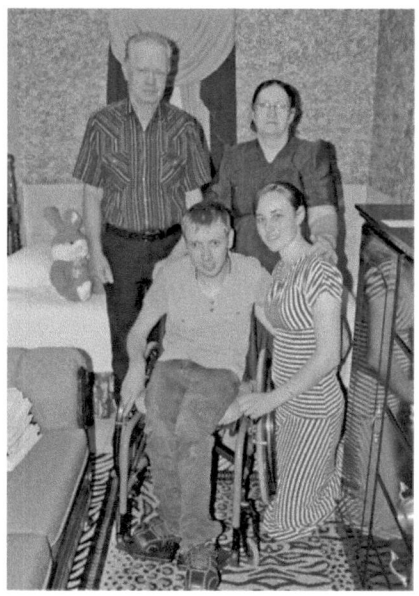

John und Greta mit ihren Pflegeeltern Peter und Anna Friesen, September 2015.

John in seinem Zimmer im Heim, September 2015.

John vor der Alvaro Obregón Schule, September 2015.

John und Maestra Sonia, Direktorin der Alvaro Obregón Schule, September 2015.

John und Profe Jorge, September 2015.

Im September 2015 fuhr John zum ersten Mal wieder zu dem See bei Casas Grandes, wo seine Eltern 2001 ertranken. Viele Gefühle und Erinnerungen kamen hoch.

John bei dem Grab seiner Eltern, in Campo 5 / Las Virginias, September 2015.

John und Maria Harms. Frau Harms brachte ihm während seiner Schulzeit regelmäßig dreimal wöchentlich ein warmes Mittagessen in die Schule.

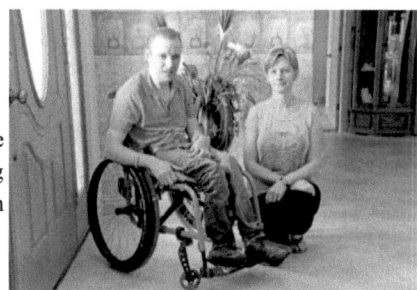

John vor dem Haus seiner Eltern in La Virginias, September 2015.

John auf seinem Arbeitsplatz in der Firma „Materiales del Norte", September 2015.

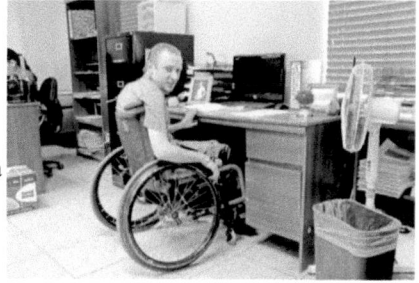

John und Eduardo Heide, September 2015.

John bei seinen täglichen Übungen, wo er von einem Physiotherapeut angeleitet wird, September 2015.

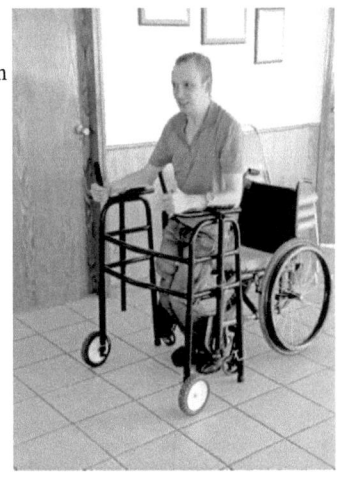

Zur Autorin:

Beate Friesen de Penner wurde am 27. April 1982 in Paratodo, in der Kolonie Menno, Paraguay, geboren. Ihre Kindheit und Jugendzeit verbrachte sie zusammen mit ihrer Familie in verschiedenen Gegenden in Paraguay und Argentinien. Im Jahre 2003 schloss sie ihre Lehrerausbildung am Institut für Lehrerbildung in Filadelfia ab. Seit 2004 wohnt sie mit ihrem Mann Rendy in der Kolonie Friesland. Sie ist Mutter von einem Pflegesohn und zwei leiblichen Kindern.

Acht Jahre lang hat sie am Colegio Friesland Deutsch und Mennonitengeschichte unterrichtet. Seit 2005 ist sie Mitglied im Verein für Geschichte und Kultur der Mennoniten in Paraguay. In der Kolonie Friesland engagiert sie sich in der Kommunikationsabteilung und im geschichtlichen und kulturellen Bereich.

Ihr erstes Buch erschien im Jahre 2009 unter dem Titel „Katharina – Flucht in die Freiheit". Weitere Titel von ihr sind: „Auf der Suche nach einem neuen Zuhause" (2012), „Gemeinsam unterwegs – 75 Jahre Kolonie Friesland" (2012), „Von Mexiko nach Paraguay" (2014) und „Sonderbar, aber wunderbar geführt" (2015).

EBooks von Beate Penner weltweit über die gängigen Internet Buchseiten lieferbar und innerhalb von wenigen Minuten runter zu laden...

EBook Bestell Nummer: EAN: 9783741216251

Blick ins Buch:

http://www.ebook.de/de/product/25803283/beate_penner_sonderbar_aber_wunderbar_gefuehrt.html?searchId=77206653

EBook Bestell Nummer: EAN: 9783739280257

Blick ins Buch:

http://www.ebook.de/de/product/25231640/beate_penner_katharina.html